KB128264

안녕,

보라색
장미야

안녕, 보라색 장미야

한지은 지음

처음으로 청년을 마주치자 분홍색 꽃잎을
잃어버린 새싹이 자신의 가시를 숨기곤 살랑였다.

바른북스

프롤로그

땅의 씨앗이 태어날 때, 하늘과 움직이는 빛들의 아름다운 울림들이 해준 말이다.

"넌 참 예쁘게 태어났구나. 하늘에게 감사함을 잊지 말아라."

땅의 씨앗은 그 말의 이유도 모르는 채 하늘 아래로 보내어지게 되었다. 내려가는 동안 빛들이 땅의 씨앗을 보호해 주며 노래를 불렀다.

"너는 혼자가 아니야. 어둠에 놀아나 슬퍼하지 말아야 해. 감사할 줄 알아야 해."

땅의 씨앗은 하늘을 향한 마음을 간직했다. 그리고 하늘 아래 땅 속에 바람을 타고 내려앉기까지 하늘은 그 모든 순간을 지켜보았다. 하늘과 멀어지면서 외로워하는 날 보며 빛들은 노랫소리를 더욱 크게 내었다. 그런데도 하늘은 땅의 씨앗이 쉽게 외로워했기에 걱정했다. 다행히 땅의 씨앗이 하늘 아래 땅속에 내려앉아 자리를 잡으니 빛이 다시 말해주었다.

"우리는 하나란다. 네가 탄생했을 때 축복받은 걸 기억해. 널 절대 혼자 두지 않을 거란다. 네가 보았던 하늘과 다르게 이 땅에는 너와 같은 빛이 필요해."

그리고 하늘이 말했다.

"지금의 너는 나약할지라도 내가 널 보호할 거란다. 그리고 강하고 담대하게 만들어 줄 거란다."

차가운 흙과 따뜻한 햇볕, 시원한 바람, 산뜻한 풀과 나무들, 하늘과는 다른 새들의 노랫소리가 하늘 아래에 있는 땅의 씨앗을 향해 새롭게 맞이하고 있었다. 땅의 씨앗은 하늘과 비슷한 아름다운 장소에 포근함과 안락함을 느꼈다. 그리고 따뜻한 계절에 내려보내 준 하늘에게 감사했다. 이제는 하늘 아래의 땅에 의지하고 햇볕과 이슬의 선물을 받으며 씨앗의 뿌리를 내리기 시작했다. 그러자 빛들이 노래를 불렀다.

"보라. 이제 시작이야. 새 일을 향해 움직이자."

목차

안녕, 보라색 장미야①

웃을 때 누가 봐도 예쁜 새싹이 있었다. 그 새싹의 웃음소리는 어찌나 큰지 참 호탕했다. 웃는 모습뿐만 아니라 살랑대는 모습에도 지나가는 이들의 걸음을 잠시 멈추고 감상할 정도였다. 모두가 그 새싹을 향해 전하는 말은 같았다.

"넌 참 예쁘게 태어났구나. 감사함을 잊지 말아라."

그런데 새싹은 자신의 소중함에 감사하지 않았다. 새싹은 하늘을 참 많이 사랑하면서도 하늘에 대해서는 무지했다.

하늘은 땅의 씨앗을 만들기 전, 날개를 숨긴 한 어린 소년을 창조했다. 6월의 계절에 태어난 어린 소년도 하늘에게 사랑을 듬뿍 받고 태어났다. 어린 소년은 하늘의 사랑을 모른다고 말했지만, 손에는 하늘에 관한 이야기가 담긴 책을 성실하게 읽었다.

하늘의 계획은 먼저 내려보낸 어린 소년이 하늘의 이야기를 잘 읽어서 청년이 되면, 꽃 피울 땅의 씨앗과 함께 하늘의 뜻과 은혜를 찾는 것이었다. 그러나 하늘의 계획은 매일 새로웠다. 왜냐하면, 하늘 아래 세상에는 생명이 소중함을 쉽게 잊도록 공격하는 어둠이 있었기 때문이다. 하늘은 어둠과 맞서기 위해 땅의 씨앗과 어린 소년을 선택하여 세상에 내려보냈다. 그리고 두 생명이 하늘의 뜻을 이룰 수 있도록 쉬지 않고 계획했다.

시간이 잔잔한 호수처럼 흐르고 꽃이 피다 지기까지 계절이 수없이 변했다. 어린 소년이 과거의 시절이 보고 싶을 만큼 훌쩍 성장했다. 이제는 청년이 되었는데, 사랑하라는 하늘의 계획과 달리 사랑을 받는 것에 익숙하며 성장했다.

하늘을 사랑한 새싹은 하늘 아래 세상에서 사랑을 받고 성장했다. 그러나 감사하지 않고 세상을 함부로 미워했다. 자신의 소중함을 잊어버리자 보이지 않는 어둠이 예쁘게 피어난 꽃잎을 아무에게도 보이지 못하게 새파랗게 질린 색으로 만들었다. 그건 새싹의 큰 비밀이 되었고 세상에서 모습을 감추려 했다.

결국, 새싹은 세상의 사랑을 잊고 하늘만 의지했다. 하늘은 어둠을 향해 경고했고 청년과 아직 만나지 못하게 된 것에 가슴 아파했다. 꽃잎을 피워 낸 새싹은 자신의 색깔을 잃어버렸다. 그래도 자신만의 아름다운 향은 잘 지켜내었다.

새싹일 때가 그리웠다. 꽃잎을 겨우 피워냈는데 다시 보는 세상은 그 시절과 등지고 있었다. 아름답지 않았다. 혼자만의 시간에 갇혀 살다가 누군가 발자국을 남기며 대화하는 내용을 우연히 들었다.

"나는 장미꽃을 보면 분홍색이 참 예쁘더라고!"

편견이 있는 목소리가 분홍색 꽃잎을 잃어버린 새싹의 기분을 상하게 했다.

"그러게. 나는 꽃마다 꽃말의 의미가 담겨 있다는 생각이 드는데, 보라색이라…."

분홍색 꽃잎을 잃어버린 새싹은 그 말을 듣고 이렇게 생각하기로 했다.

'나는 외로운 색을 가졌고 내가 선택한 분의 1송이의 꽃이 될 거야.'

그렇게 분홍색 꽃잎을 잃어버린 새싹이 자신만의 향기를 홀로 피워낼 때, 청년이 깊은 생각에 잠긴 듯이 길을 걸어갔다.

'이렇게 외로운 마음을 사랑으로 채우고 싶군.'

쓸쓸한 걸음이 계속되었다가 처음 맡는 꽃 한 송이의 향에 갑자기 걸음을 멈추어 뒤를 돌아보았다. 그 순간 분홍색 꽃잎을 잃어버린 새싹과 청년은 동시에 마주치게 되었다. 처음으로 청년을 마주치자 분홍색 꽃잎을 잃어버린 새싹이 자신의 가시를 숨기곤 살랑였다. 살랑임과 향기에 이끌려 같이 인사를 나눈 청년이 가까이 다가갔다.

"안녕, 보라색 장미야."

따뜻한 청년의 목소리와 함께 첫 만남이 시작되었다. 호기심이 많은 청년은 보라색을 띤 장미를 처음 보았다. 그래서 호기심과 관심이 계속 생겼다. 그런 청년이 마음에 든 보라색 장미도 알 수 없는 이끌림에 마음을 열고 서로에 대해 알아가는 시간을 가졌다. 청년은 꽃잎이 계속 붉어지는 보라색 장미가 싫지는 않았다.

하늘색 유리병①

"내일 내가 본 무지개 사진을 보여주도록 할게. 만나서 반가웠어!"

예쁜 주홍빛 하늘을 바라보며 집에 가야 하는 시간이 되었다며 아쉬움을 남겼다.

'빨리 내일이 오면 좋겠어.'

다음날 청년은 처음 향을 맡았던 보라색 장미를 기억하곤 빨리 그 장소를 찾을 수 있었다. 서로를 알아보고 살랑이는 보라색 장미와 눈웃음을 보인 청년이었다. 청년은 보라색 장미와 함께 가보고 싶은 장소가 많았다.

"보라색 장미야, 내가 너와 함께 가고 싶은 아름다운 장소들이 있어. 많은 추억을 쌓아보고 싶은데, 어떻게 하면 되는지 너는 알고 있어?"

"날 생각해 주는 네가 있어 기뻐. 보호막과 같은 것이 필요한데…."

"널 위해서 단단하고 예쁜 하늘색의 유리병을 구하러 갔다 올게. 잠시만 기다려 줘!"

"고마워. 좋은 생각이야! 널 기다리고 있을게."

보라색 장미는 처음 받아보는 선물에 기뻐했고, 그 모습을 바라보는 청년은 처음으로 주는 기쁨을 받았다. 보라색 장미는 청년의 부드럽고 조심스러운 손길로 안전하게 하늘색 유리병에 옮겨졌다. 청년은 하늘색 유리병을 가슴에 꼭 안고는 보라색 장미에 대해 많은 생각을 하며, 천천히 걸어갔다. 보라색 장미는 처음으로 향하는 세상 구경에 기분이 좋았다. 그리고 처음 설렘을 느껴보았지만, 보라색 장미는 그 감정을 몰랐다. 그래도 싫지 않다는 건 확실했다.

"보라색 장미야 네가 좋아하는 것 같아."

"맞아. 나도 신기해. 지금 가는 이 길을 다 외울 수가 없어. 난 너만 믿고 가는걸! 그저 마냥 좋아."

갑자기 들떠버린 보라색 장미의 모습에 청년은 살짝 당황했지만, 왠지 모를 기쁨이 느껴졌다.

"보라색 장미야 우리가 가는 첫 번째 장소야. 공원이 참 넓어서 나도 잠시 헤맸는데, 다행히 잘 도착했어."

보라색 장미는 공원을 둘러보며 나무와 새에 관해 이야기했다.

"저기, 내가 보고 있는 이 나무 보여?"

"공원이라 나무가 너무 많이 있는데, 어느 나무를 보고 있는지 잘 모르겠어."

보라색 장미는 해맑게 웃으며 다시 말했다.

"내가 보고 있는 나무가 무엇인지 알려면 나를 봐주면 되지!"

"아! 저기 저 나무를 말하는구나. 저 나무는 왜?"

"자세히 바라봐. 나무가 엄청 굵고 나무껍질도 두꺼워. 그래서 엄청 건강해 보인다. 그런데 참 많이 무섭기도 하고 아파 보여."

"왜 그렇게 생각했어?"

"어휴, 간단해. 나무 기둥에 원치 않는 커다란 구멍이 생겼고 작은 기둥이 박혀 있어."

"어, 자세히 보니 그러네."

청년은 대부분 생각하지도 않는 것을 바라보며 마음을 아파하는 보라색 장미가 이상하기도 했다. 보라색 장미는 신이 났는지 계속해서 이야기를 멈추지 않았다.

"저기 있는 까치 좀 봐! 너무 반갑다. 나는 까치에 대해 재미있는 이야기를 알고 있어."

"오! 그래. 무슨 이야기인데?"

"까치는 소식을 전달해 준대. 기쁜 소식인지 나쁜 소식인지는 우리는 잘 몰라도 까치만 아는 거야. 방금 우리가 같이 본 까치가 있었지. 그 까치가 어떤 소식을 전해주고 날아갔는지 상상해서 맞혀보자."

"흠. 무슨 소식일까?"

"내가 맞혀볼게! 우리 오늘 예쁜 만남을 가지라네."

"그렇구나!"

청년은 넓은 공원을 마저 둘러보기 위해 자리를 이동했다. 같이 이동하면서 보라색 장미는 어디서 어떤 말을 건네어 볼지 골똘히 생각했다. 먼저 보라색 장미가 청년에게 물어보았다.

"너는 사랑을 주는 게 더 좋아, 아니면 받는 게 더 좋아?"

망설임 없이 청년은 대답했다.

"나는 사랑받는 게 더 좋은 것 같아. 보라색 장미는?"

"그렇구나. 나는 너와 달라. 사랑을 주는 것이 더 기쁘다고 생각해."

"그렇구나. 대부분 사랑받는 일에 익숙하지 않나? 그리고 사랑을 받으면 그만큼 사랑을 잘한다고 생각이 드네."

"그러게. 서로 하는 사랑은 사랑하는 이를 떠올리는 것만으로도 행복할 거야."

"여기 이 공원 참 좋다. 강아지들이 산책하는 모습과 사람들의 활기찬 기운들이 느껴져서 기억에 남을 거야. 고마워."

"나도 고마워. 너와 이렇게 같이 걸으니 기분이 참 좋아서."

어느덧 해가 지고 달이 환하게 보이기 시작했다.

"보라색 장미야 나는 곧 있으면 가야 해. 내가 널 어떻게 해야 하는지 가르쳐 줄래?"

보라색 장미는 하루가 처음으로 짧게 느껴졌다. 청년을 떠나보내기 싫었지만 존중해야 했다.

"네가 다시 날 만나러 오기 좋은 그곳에 그대로 놓아주었으면 해."

청년은 보라색 장미의 말을 듣고는 햇빛이 잘 들 만한 곳에 놓아주었다.

'참 따뜻한 사람이구나. 멋있다.'

"보라색 장미야 네가 기다리지 않도록 할게. 좋은 밤 보내."

"응! 오늘 참 고마웠어. 잘 가."

보라색 장미는 청년과의 추억이 담긴 새로운 밤하늘을 보며 아름다움을 느꼈다.

달빛이 약해지며 해님이 찾아왔다.

'다시 날이 밝았어. 기쁘다 기뻐. 그가 오기 전에 빨리 단장해야지.'

'보라색 장미가 많이 기다리기 전에 나가야겠어. 아! 지금 단정한지 거울 한번 보자.'

서서히 청년의 모습이 보이자 보라색 장미는 하늘에게 기도했다.

'오늘도 우리에게 예쁜 만남이 시작되게 해주세요.'

청년과 보라색 장미는 첫 만남일 때보다 더 반가워짐을 느꼈고 눈인사를 지었다. 그리고 청년은 조심히 보라색 장미가 담긴 하늘색 유리병을 다루었다. 풍경이 좋은 들판에 자리를 잡았다.

"보라색 장미야, 우리가 처음 만났던 날, 내가 너에게 무지개 사진을 보여주겠다고 했던 말 기억하고 있니?"

"응. 기억하고 있어."

"내가 사진으로 간직한 무지개 사진들을 보여줄게. 자!"

보라색 장미는 무지개 사진을 보며 잠시 생각에 잠겼다.

'아. 이 사람은 나완 달라. 나는 왜 이렇게밖에 못 살았지. 나는 왜 이렇게 서글퍼지는 거지.'

보라색 장미는 자신만의 생각에 잠겨서 꽃잎의 방울이 고이더니 참지 못하고 하염없이 울어버렸다. 청년이 옆에 있었지만, 한번 터져 버린 울음을 멈출 수가 없을 정도였다.

'아… 왜 이렇게 서글피 우는 거니. 내가 가서 달래주고 싶어도 네 울음이 너무 아프게 다가와 내 마음도 너무 아프잖니.'

청년은 보라색 장미가 진정되고 괜찮아질 때까지 기다려 줄 수밖에 없었다. 청년은 보라색 장미가 아름다운 무지개 사진을 보며 자신처럼 해맑은 미소를 보고 싶었다. 청년의 마음은 뒤죽박죽이었다. 보라색 장미가 겨우 진정되었을 때 청년이 다가와 흠뻑 젖은 꽃잎들을 손수건으로 조심스럽게 닦아주었다.

"미안해."

보라색 장미의 사과에 청년은 궁금증이 생겼지만 속으로 묻었다.

'보라색 장미야, 네가 왜 울었는지 알고 싶지만….'

"괜찮아, 보라색 장미야, 나는 하늘 이야기책을 많이 읽어보았어. 하늘이 무지개 속에는 언약의 의미가 담겨 있대."

"나는 하늘을 사랑하지만, 무지개에 그런 의미가 있었는지는 몰랐어. 우리 만나면 하늘이 이야기한 책을 같이 읽는 거 어때?"

"어휴. 보라색 장미야, 나는 재미없는데, 널 만나면 다른 걸 많이 해 보고 싶어."

"그러면, 책 읽고 네가 하고 싶은 걸 하면 되잖아. 나는 하늘 이야기에 관해서 많이 알고 싶어."

청년은 마음에도 없는 말을 하며 보라색 장미의 요청을 수락했다. 집중하며 이야기를 듣고 있던 보라색 장미가 조금씩 작아지는 목소리와 너무 조용한 분위기에 청년을 바라봤다. 보라색 장미는 스스로 졸음을 깨려는 청년의 모습에 살랑이며 웃어버렸다. 청년은 한동안 심심했는지 보라색 장미의 꽃잎을 부드럽게 어루만졌다. 깜짝 놀라며 처음으로 낯선 손길을 느껴버린 보라색 장미는 마음에도 없는 소리를 해버렸다.

"갑자기 이러는 게 어디 있어! 네가 그러면 나는 놀라버린단 말이야. 좀 조심해야 할 필요가 있어."

청년은 보라색 장미의 모습이 재미있었다. 그런데, 조심해야 한다는 말은 좋지만은 않았다. 들판에서, 많은 이야기를 나누곤 호수 근처로 나와 걸었다. 보라색 장미는 청년의 눈빛을 계속 바라보며 궁금한 점을 물어봤다.

나는 달성이야!

"너는 내게 어떤 이름을 지어주고 싶어?"

"이름이라, 갑자기 이름은 왜 물어보는 거야?"

"응. 나는 사람들이 점점 성장하면서 이름을 잃는 것 같다는 느낌이 들어서. 사람들은 참 소중하고 예쁜 이름을 가지고 있어. 어릴 땐 이름이 닳도록 많이 불러주다가 조금씩 나이가 들면 장소에 따라 별명이 생기더라고. 결국은 자기 이름을 잘 불러주는 이가 별로 없다는 거야. 슬프지 않니?"

"그렇구나. 네 말대로 그런 것 같아. 이름을 많이 불러준다면 좋을 텐데 말이야. 그럼 어떤 이름이 너에게 잘 어울릴까?"

한껏 들떠버린 보라색 장미의 모습에 청년은 신중하게 생각했다.

"나는 너의 보라색 꽃잎이 좋아. 처음 만났을 때와 같이 보라색 장미라고 계속 불러주고 싶어."

"응…. 너의 이름도 가르쳐 줘."

"나는 달성이야!"

"달성아, 날 다시 만나러 올 때 편지를 전해주는 거 어때?"

"글을 쓰는 걸 좋아하지 않지만, 한번 써볼게."

"응. 고마워."

밤이 되자 보라색 장미는 달성을 보내주었다. 그리고 함께 있었던 즐겁고 행복했던 추억을 떠올렸다. 잠이 들고 눈이 부신 아침의 햇살이 찾아왔다. 그리고 달성이 기다려지는 보라색 장미의 하루가 시작되었다. 보라색 장미가 자신의 향을 바람에 맡기고 있는 모습을 보고 달성은 해맑게 인사했다.

"안녕! 보라색 장미야. 오늘도 예쁜 만남이 되자."

보라색 장미는 달성의 멋있고 달콤한 목소리에 잎사귀를 살랑였다.

"달성아."

보라색 장미의 부름에 그는 미소를 지으며 바라봤다.

"왜?"

"네 이름 불러보고 싶었어. 부르니까 좋구나."

"보라색 장미가 불러주니까 나도 좋아."

"달성아 4계절 중 두 번째 단추인 여름에 우리가 서로 알게 되었어. 나는 마지막 계절인 겨울이 되면 너와 하고 싶은 일이 있어."

보라색 장미가 하고 싶은 일이 무엇인지 궁금해진 달성은 관심이 생겼다.

"나와 하고 싶은 일이 무엇이니?"

"아니야…."

달성은 보라색 장미의 비밀을 알고 싶었다.

'보라색 장미야, 네 비밀이 무엇인지 궁금하지만 널 존중할게. 기다릴게.'

달성이 먼저 마음의 문을 열고 자신의 고민을 털어놓았다.

"보라색 장미야, 내 이야기를 들어볼래? 나는 공부에 흥미를 느끼고 열심히 했어. 그런데 요즘은 내가 하는 공부가 잘하는지 궁금해. 그리고 이제는 배움의 재미도 없어지고 있어."

"그렇구나. 달성아, 먼저 내게 네 소중한 이야기를 들려줘서 고마워. 내가 바라보는 너는 젊고 앞으로 펼쳐질 네 미래를 사랑하고 있어. 지금 꿈을 이루기 위해 준비 중인 널 위해 내가 해줄 수 있는 말은 이거야. 부디 처음의 간절함과 그 배움의 소중함을 잊지 말고 너의 꿈을 향해 나아가 펼쳐줘. 그러면 너의 꿈이 널 반기고 있을 거야. 그러니 지금의 네 어려움과 근심에 두려워하지 말고 아름다운 청춘을 위해 이겨내 봐. 이겨내면, 멋있지 않겠니?"

"고마워 보라색 장미야. 네 말에 큰 위로가 되었어. 나에 대해 다시 생각해 보는 계기가 되었어."

보라색 장미는 자신이 한 말에 깨달음을 얻은 달성의 모습에 반했다.

'귀담아 잘 들어주는 사람이구나. 그리고 자아 성찰도 잘할 줄 아는 사람이야.'

달성은 보라색 장미를 위해 어젯밤에 썼던 편지에 대해 말했다.

"보라색 장미야, 너에게 쓰기로 했던 편지 읽어줄게."

"응. 좋아! 기억해 줘서 고마워."

'보라색 장미-내가 너에게 힘이 되는 사람이 되면 좋겠어.'

“그리고 보라색 장미야, 너에 대해 계속 알아가고 싶어. 우리 잘 지내보자.”

달성과 보라색 장미는 편지를 계기로 좋은 관계를 이어나가기로 했다. 그리고 밤이 깊어 다시 찾아오겠다는 달성의 말을 듣고 보라색 장미는 그를 존중하며 하루를 마무리했다. 달성은 집에 도착해서 보라색 장미에 대해 깊이 생각해 보았다.

‘날 보고는 살랑이며 좋은 향을 냈어. 그 순간에 이끌렸나 봐. 내 외로움에 보라색 장미를 찾아가 이야기를 나누며, 시간을 함께 보내니 너와 나 사이에서 우리가 된 듯해. 많이 아는 것 같아도 계속 알아가 보고 싶어. 그리고 보라색 장미에게 비밀이 있는 것 같지만 우리에겐 시간이 필요한 거야. 내가 기다리면, 우리가 더 가까워지겠지. 혹시나 내가 실수해서 보라색 장미에게 상처를 주지 않도록 조심해야겠어.’

바이올린의 줄

달성은 그렇게 보라색 장미에 대해 생각하다 스르륵 잠이 들었다. 다음 날이 되자, 달성은 보라색 장미를 찾아가서 자신의 추억이 담긴 학교를 소개했다. 달성이 공부하며 지냈던 기숙사 건물을 지나가다가 옆의 식당에서 보이는 불빛을 보곤 뜬금없이 보라색 장미가 말을 건넸다.

"달성아, 너는 어떤 색깔을 좋아해?"

뜬금없는 보라색 장미의 질문에 달성은 잠시 멈춰 서서 대답했다.

"음. 나는 파릇파릇한 초록색이 좋더라. 보라색 장미는?"

"나는 맑은 하늘처럼 하늘색을 좋아해."

"그렇구나."

"응. 그런데, 저기 좀 바라봐. 어떤 색깔이 비치고 있니?"

달성은 보라색 장미의 표정을 살피며 상처가 되지 않도록 많은 말을 피했다.

"보라색이 보여."

"달성아, 나는 보라색이 싫어."

달성은 아무런 대답하지 않았다. 그저 침묵으로 보라색 장미를 바라봐 주었다.

'보라색 장미야, 네가 가지고 있는 색이 왜 싫은 거니. 색깔은 중요하지 않아. 너만의 향은 얼마나 소중한지 알고 있는 거니.'

달성은 보라색 장미에게 이유를 물어보고 싶었지만 기다렸다. 조용한 침묵 끝에 보라색 장미가 이어서 말했다.

"왜냐하면, 보라색은 아픈 색을 가진 것 같아. 꼭 멍이 든 것 같은 색깔 같아서 싫어. 그리고 외로운 색 같아. 오로지 내 생각일 뿐이야. 그런데 나는…."

보라색 장미의 우울해진 모습에 달성은 한쪽 가슴이 아려오며 가여움의 한 움큼을 다시 느꼈다. 그래서 달성은 평소에 보라색과 관련된 걸 생각해 내었다.

"보라색 장미야, 나는 내가 연주하는 바이올린의 줄 색깔 중에서 보라색이 예쁘다고 생각해. 다른 줄보다 그 소리가 제일 예쁘게 들리더라."

달성의 위로에 보라색 장미는 숙였던 줄기를 들었다. 보라색 장미는 달성의 슬픈 눈빛에 당황했다.

'달성이 나로 인해 슬퍼했구나. 오늘 피곤했을 텐데, 내가 기운을 차리자.'

"달성아, 네가 해준 위로의 말에 나는 용기를 얻었어. 고마워. 네가 공부했던 학교 말이야. 운동장도 넓고 공원 같아서 참 예쁘다. 이곳에서 가장 큰 나무가 있네! 네 두 팔로 안을 수 있는지 봐봐."

다시 밝아진 보라색 장미의 모습에 달성은 마음이 가벼워졌다.

"내가 안고 싶어도 이 나무는 기둥이 너무 굵어서 내 긴 두 팔로도 안기에는 힘든걸."

"달성아! 나 이 건강한 나무에 이름 지어주고 싶어."

처음 함께 갔던 공원에서의 보라색 장미 모습이 떠올랐다.

'보라색 장미는 신기해. 나무껍질이 두껍든, 없든, 이름도 지어주는 걸 좋아하고.'

"달성아, 우리 단순하게 생각하자. 나무 기둥이 엄청 두꺼워. 그리고 엄청 건강해. 그래서 '참 튼튼'이라고 정하자. 어때?"

보라색 장미는 잎사귀를 살랑였다.

"그래. 좋은 이름이야."

걷다 보니 너무나도 앙상한 나무 한 그루가 심겨 있었다. 보라색 장미는 그 나무를 보고 그냥 지나칠 수 없었다.

"달성아, 저기 저 나무 좀 봐. 나무 기둥이 너무 얇다. 꼭 쓰러질 것 같아. 그런데도 잘 자라고 있어. 우리 저 나무에도 이름을 지어주자."

달성은 보라색 장미가 이름을 먼저 지어주기 전에 생각해 내려고 했다. 그런데 보라색 장미가 또다시 먼저 생각해 냈다.

'이럴 수가. 보라색 장미의 생각을 들어보자.'

"보라색 장미야, 어떤 이름인데?"

"바로 '노사연'이야!"

"왜 그렇게 지어주게 됐어?"

"단순해. 나무가 아파 보여. 얇고 앙상해. 그래서 사연이 있어 보여. 그런데 나는 사연이 없길 바라서 성은 'NO'로 정하기로 했어. 이름을 해석하면 결국은 사연이 없는 거야. 어때?"

보라색 장미의 살랑대는 잎사귀에 달성은 웃음이 나왔다.

"그래. 보라색 장미는 이름을 잘 지어주는구나."

달성의 칭찬에 자신감이 높아진 보라색 장미다.

"달성아, 우리 '노사연'이 '참 튼튼'처럼 건강하게 성장하라고 기도하자."

"그래. 보라색 장미야, '노사연'이 '참 튼튼'처럼 되기 위해서 얼마나 많은 시간과 계절이 바뀌어야 할까?"

"그러게. 나 말고 넌 어떻게 생각해?"

보라색 장미는 달성의 질문에 퉁명스럽게 되물어 봤다.

'보라색 장미의 목소리가 왜 달라졌지? 내가 물어본 걸 다시 내게 질문하니 막상 생각이 나지 않는군. 어휴. 괜히 물어보았나?'

달성의 표정을 읽은 보라색 장미가 누그러진 목소리로 말했다.

"달성아, 내가 괜히 목소리에 심술부렸나 봐. 널 당황하게 해서 미안해."

"괜찮아. 그런데 보라색 장미야, 내 질문에 왜 심술이 난 거니?"

"내가 보았던 '노사연'은 아기 나무가 아니야. 어떤 사연이 있는지는 몰라도 많이 아파하는 나무인데도 잘 자라고 있는 거야. 내가 너에게 다시 물어본 이유는 그 나무가 다시 '참 튼튼'처럼 되기 위해서 사람들이 어떤 노력을 해야만 한다는 거야."

보라색 장미의 목소리가 달라진 이유를 이해하게 된 달성은 다시 대답하기 위해 생각에 잠겼다. 그리고 보라색 장미의 시선으로 자연을 바라보려고 노력했다.

"사람들이 자연을 보호해야 한다고 생각이 드네. 내가 어릴 땐 모든 것이 파릇파릇 건강하고 예쁘게만 보였는데 먼 시간이 지나 다시 보니 많이 달라져 있는 깊은 도심이 되었어. 보라색 장미 덕분에 자연이 매우 소중해졌음을 느꼈네."

달성의 배려와 이해심이 묻어난 대답에 보라색 장미는 그가 멋있었다.

"달성아, 오늘 네가 내게 심어준 이 추억을 기억할게. 다시 너와 이곳을 걷는다면, 그때는 우리가 지어준 이름과 추억을 기억하며 네가 가르쳐 준 이 길을 내가 안내할게."

"응. 보라색 장미야, 내가 공부했던 이곳이 네 덕분에 다시 한번 아름답다는 생각이 드는구나."

서로를 향하는 진심 어린 대화를 통해 가까워짐을 느꼈다. 그리고 그 따뜻함에 서로는 함께 보내는 시간이 편안하고 즐거웠다.

"달성아 가로등 불빛이 여러 가지 색깔로 예쁜 글자가 적혀 있는 이곳을 좀 봐봐."

"[아름다운 청춘을 펼쳐라] 이 글자 말하는구나. 이 글자 위에 보이는 우리의 그림자가 마음에 드는데!"

"나도 좋아."

쌍둥이 언니

보라색 장미는 헤아릴 수 없는 아름다운 밤하늘과 추억에 감동했다. 그리고 조금씩 가까워지는 사이와 둘만 아는 그림자가 참 좋았다. 늦은 밤이 되어서야 돌아서야 하는 달성은 어김없이 오늘도 먼저 헤어짐을 인사했다.

"보라색 장미야, 나는 이제 점점 공부에 집중해야 해서 바빠질 거야. 그러니 너무 내 걱정하지 말고 나 없이도 예쁜 시간 보내고 있어야 해. 내가 올 때까지 새로운 친구도 사귀고 잘 지내고 있어!"

달성이 하는 말은 보라색 장미의 마음을 계속 예쁜 방향으로 움직였다. 그래서 달성이 해주는 말을 잘 듣고 약속을 지키려고 했다.

"응. 그럴게. 달성아 갈 때 조심해서 가! 함께 보낸 오늘 밤을 감사해."

눈웃음을 보이며 멀어지는 달성을 보며 따라 웃은 보라색 장미는 세상이 달라 보였다. 그리고 보라색 장미는 홀로 남아 생각에 잠겼다.

'달성을 알기 전, 내가 다시 밝아질 수 있을 거라고 생각 못 했어. 내가 보았던 벚꽃잎뿐만이 아니야. 가로등 아래 비친 새로 올라오는 여름의 작은 새싹들 좀 봐. 이미 피어난 예쁜 꽃과 피어날 꽃봉오리는 또 어떻고. 4계절 내내 푸른 소나무와 사철 나뭇잎도 내게는 소중해. 틈틈이 보이는 아기 나뭇잎을 좀 더 가까이 보면 귀엽겠어. 세상에. 정말 어쩜 좋아. 이렇게 생각하니까 모든 게 아름다운 내 보물이야.'

보라색 장미와 달성은 눈에 보이고 만져지는 것만 기쁨의 선물이 아님을 느꼈다. 서로가 힘이 되어주고 옆에서 시간을 보내며 아름다운 추억을 만드는 것도 소중하다는 것을 알았다. 달성은 오후에 보냈던 지친 시간을 잊곤 집으로 향하는 발걸음이 가벼웠다. 아침을 시작하는 새들의 노랫소리가 울려 퍼지며 보라색 장미를 깨웠다.

그러나 어젯밤의 달콤한 기쁨을 잊고 싶지 않아 행복한 꿈을 계속 청했다. 그런데 푸른 초록색 들 위에서 보물찾기하듯이 예쁜 노란색을 지닌 민들레꽃이 달콤한 말을 꾸며내어 보라색 장미의 꿈을 방해했다.

"안녕, 보라색 장미야. 좋은 아침이야. 너는 자고 있으면서도 행복한 눈웃음을 짓고 있구나."

보라색 장미는 민들레꽃이 싫지 않아서 알아가기로 했다.

'내게 다가와 준 고마운 친구야. 민들레꽃과 친하게 지내고 달성을 만나면 반갑게 내 친구를 소개해 줄 거야.'

그동안 숨어 지냈던 보라색 장미의 외로운 시간을 깨어나게 도와

준 달성 덕분에 새로운 친구를 만나게 되었다. 자기 모든 걸 마음속 깊이 담아둔 채 홀로 시간을 버텨낸 보라색 장미는 비밀을 민들레꽃에게 먼저 털어놓았다. 보라색 장미의 비밀을 알게 된 노란 민들레꽃도 자기 비밀을 이야기했다.

"보라색 장미야, 나는 쌍둥이 언니가 있어. 우리 언니가 좀 이상해. 맨날 고개만 숙이고 있고, 말 한마디도 안 해. 그런 언니가 무서워서 같이 있기 싫어. 나는 빨리 내 노란색 잎이 하얗게 변해서 바람을 타고 날아가 버렸으면 좋겠어."

보라색 장미는 이해되지 않아 물어보았다.

"민들레꽃아 언니가 왜 그렇게 될 수밖에 없었니? 나는 너의 언니가 사연이 있었을 것 같아. 옆에서 지켜와 준 네가 제일 잘 알지 않았을까 해."

보라색 장미의 물음에 민들레꽃은 대답했다.

"나도 몰라. 그저 같이 있고 싶지도 않고 나는 힘들 뿐이야."

민들레꽃의 대답에 어떠한 말을 해줘야 할지 막막했다. 보라색 장미는 서로의 비밀을 털어놓았지만, 가까워지는 느낌을 받을 수 없었다. 잠시 정적이 흐르자 보라색 장미가 아는 반가운 목소리가 들렸다.

'그이야. 달성이.'

민들레꽃과 어색한 공기가 싫었던 보라색 장미는 때마침 자신을 찾아와 준 달성의 목소리가 들려오자 감사했다. 그런데 그때 민들레꽃의 노란 잎이 하얗게 변할 준비를 하고 있었다. 보라색 장미는 살랑이며, 숨겨놓았던 꽃향기를 자랑했다.

"달성아 안녕. 나 해주고 싶은 말이 있어. 너의 약속대로 새로운 친구를 사귀었어!"

보라색 장미의 밝은 모습에 달성은 행복해졌다.
"그래! 좋은 소식이야. 약속을 지켜줘서 고마워. 그 친구 덕분에 심심해하지 않았겠어."
옆에 있는 민들레꽃이 들을까 보라색 장미는 속으로 생각했다.
'그래도 네 옆을 그리워했어.'
그리고 보라색 장미는 달성에게 민들레꽃을 소개했다.
"달성아, 내 친구 민들레꽃이야."
"안녕."
달성의 인사는 짧고 굵었다. 그리고 달성은 보라색 장미를 보고 있었다. 민들레꽃의 시선은 보라색 장미의 그 이를 향했다. 보라색 장미는 민들레꽃의 시선을 바라보았다. 보라색 장미는 민들레꽃과 괜히 비교되는 자신이 미워졌고 싫어졌다. 달성은 보라색 장미의 그런 모습에 아려오는 마음을 붙잡았고 한결같이 바라봐 주었다. 그리고 보라색 장미의 수심이 더 깊어지기 전에 예쁜 만남을 시작하려 했다.
"보라색 장미야 그동안 널 만나고 싶었어."
달성의 말에 보라색 장미는 감동하였고 용기를 내었다.
"나도 그래. 널 만나서 얼마나 기쁜지 몰라."
"보라색 장미야 그럼 우리 예쁜 만남을 시작해 보자."
"좋아!"

바다

민들레꽃의 친구이자 함께 성장한 쌍둥이 언니에게 힘이 되어주는 동생이 되어준다면 덜 외로울 텐데, 누가 봐도 예쁘고 사랑스러운 민들레꽃은 가까운 소중함을 잊은 채 외로워했다. 그리고 민들레꽃은 더 많은 욕심을 바랐다. 결국, 내면을 잃은 민들레꽃이 짧은 순간의 눈길에만 익숙해졌다. 외로움을 이기지 못한 민들레꽃을 향해 어둠이 속삭였다.

'지금이야.'

민들레꽃이 악한 거짓말을 시작하려고 망설였다. 민들레꽃의 망설이는 모습에 다시 어둠이 발버둥을 쳤다.

'지금이라고.'

민들레꽃이 달성을 향해 말했다.

"있죠. 제 옆에서 고개만 숙이고 있는 쌍둥이 언니가 있는데, 많이 아파요. 언니 소원인 바다 한 번만 보게 도와주세요."

소중한 보라색 장미가 옆에 있었고 더 많은 추억을 쌓고 싶었던 달성은 그럴 마음이 없었다. 보라색 장미와 보낼 시간을 민들레꽃에게 허락하고 싶지 않았다. 그런데 보라색 장미는 민들레꽃을 향한 동정이 생겼다. 왠지 모를 가여움이 묻어났다. 보라색 장미가 보았던 세상의 아름다움을 나누고 싶어 마음이 잠시 흔들렸다. 그런 보라색 장미의 마음이 보였는지 달성은 단칼에 거절하려고 하던 찰나에 보라색 장미가 먼저 말을 건넸다.

"달성아, 네가 내게 보여준 아름다운 세상을 보며 하늘에게 얼마나 감사했는지 몰라. 그 감사함을 아파하는 민들레꽃 언니에게도 나누고 싶어. 그 언니가 고개를 들 수만 있다면 너도 기쁘지 않을까 해."

달성은 보라색 장미의 작은 부탁이 처음으로 내키지 않았고 싫었다. 거절하고 싶었다. 그런데 보라색 장미가 느낀 동정이 달성에게도 묻어났는지 어쩔 수 없는 선택을 해야만 했다. 그리고 달성은 민들레꽃과 시간을 가져도 아무 말도 하지 않겠다고 결심했다. 달성은 생각했다.

'그저 바다만 보여주고 오는 거야.'

보라색 장미를 바라보며 원하지 않는 발걸음을 향했다. 민들레꽃은 아무 말도 없고, 아무런 시선조차 없는 달성의 관심을 받고 싶었다. 행복한 미소를 지으며 일어난 보라색 장미의 모습을 떠올리며, 민들레꽃의 질투는 거짓말로 시작해 계속되었다. 달성과 함께 보내는 시간인데도 아무런 감정이 없자 민들레꽃이 먼저 말을 건넸다.

"있죠. 내 노란색 꽃잎 어떻게 생각해요?"

"저기, 모르겠어요."

민들레꽃은 유일하게 내세운 외모를 당당하게 앞세워 물어본 질문인데, 성의 없게 대답하는 달성의 목소리를 듣고는 기분이 상했다. 다시 한번 달성을 향해 물어보았다.

"있죠. 제 꽃향기는 어때요?"

"저기, 모르겠어요."

돌아오는 대답은 같았다. 그리고 다시 기분이 상했다. 달성이 한참 걷다 보니 바다가 보일 때였다.

'드디어 도착했군. 서두르자.'

이별이 반가운 달성과 이별이 서운한 민들레꽃은 보라색 장미의 비밀을 안다며 그이를 붙잡았다.

"있죠. 보라색 장미가 힘들다며 제게 이야기한 말이 있어요."

"그럼 보라색 장미가 제게 마음의 문을 열면 그때 직접 들을게요."

달성은 민들레꽃의 언니를 위해서만 생각하며 바닷물이 너무 차오르지 않고 햇빛이 너무 강렬한 곳을 피해 심어주곤 다시 돌아섰다. 달성의 뒷모습을 바라보며 민들레꽃은 자신에게 심히 화가 났고 그 화를 이기지 못했다. 민들레꽃의 예뻤던 노란 꽃잎이 솜털같이 부드럽고 깨끗한 눈처럼 변했다. 새하얗게 변한 민들레꽃은 누군가의 손길로 꺾였고 고개만 숙였던 민들레꽃은 시원한 바닷바람에 씨앗을 맡겼다. 달성은 보라색 장미를 향하면서 많은 생각을 했다.

'보라색 장미는 마음이 없는 내게 왜 그런 부탁을 하라고 한 거야. 보라색 장미가 아니라서 내 발걸음이 얼마나 무거웠는데. 그리고 민들레꽃은 참 이상한 친구인 듯해. 깊은 사이도 아니면서 처음으로 보는 내게 감히 친구의 비밀을 쉽게 말하다니 이해할 수가 없어.'

잊을 수 없는 그 향

오래 걸어온 달성은 지친 기색으로 보라색 장미를 마주했다. 달성은 보라색 장미를 만나서 할 말이 있었다. 오랜 친구가 아니고 신뢰가 가지 않는 사이에는 자기 비밀을 쉽게 말하지 않는 것이 좋은 방법이라고 말해주려고 했다.

그런데 보라색 장미를 보자 달성은 조심스러워졌다. 배신의 바람이 보라색 장미를 향해서 의심의 속삭임을 키우며 괴롭혔고, 달성은 그 모습을 목격했기 때문이다. 그 속에서 보라색 장미는 괴로워하였고 배신의 바람은 즐거워하였다. 달성은 놀란 가슴을 진정시키고자 평소에 하지도 않았던 기도를 하늘에게 진심으로 드렸다.

'제게 소중한 보라색 장미입니다. 보라색 장미가 흔들리는 갈대가 아닌 4계절 푸른 소나무가 되어 저를 향한 믿음을 의심하지 않게 해주세요.'

그 사이 보라색 장미는 믿었던 우정과 사랑하는 달성에게 배신과 의심이 커져버렸다. 배신의 바람은 보라색 장미가 슬퍼할 때마다 기뻐했다. 배신의 바람이 점점 먹구름이 되어가는 것도 잊은 채 말이다. 불신을 심어준 배신의 바람 때문에 보라색 장미는 스스로 만든 마음의 멍을 진정시키지도 못하고 비명 섞인 눈물을 크게 부르짖었다.

그 사실을 알게 된 하늘은 먹구름이 된 배신의 바람에게 전쟁이라는 벌을 줬다. 먹구름은 먹구름과 부딪혔다. 부딪힐 때마다 번개를 치며 굵은 빗줄기를 흘렸다. 그리고 보라색 장미는 나뭇잎과 꽃잎들 사이로 숨어버렸다. 그렇게 좋아하던 여름의 계절을 끝까지 보지도 못한 채 외롭고 쓸쓸히 보냈다.

보라색 장미는 아침에 눈을 뜨면 해님께서, 노을이 지고 저녁이 되면 달님께서, 자신의 진심을 달성에게 전해주고 달성의 마음을 알려달라고 간절히 하늘에게 기도했다. 하늘은 보라색 장미를 홀로 두지 않기로 했다. 그리고 낮과 밤 동안 달성과 함께 있지 않아도 마음을 전달할 수 있도록 했다. 하늘의 계획은 가을바람을 통해 보라색 장미의 향을 달성에게 향하도록 움직이는 것이었다.

자연스럽게 나뭇잎과 꽃잎들 사이로 숨었던 보라색 장미는 나뭇잎의 색깔이 물들임과 동시에 낙엽이 되고 꽃잎이 지며 참 작고 초라하게 변했다. 꼭꼭 숨겨졌던 보라색 장미만의 향이 가을바람을 통해 자유를 얻으며 활활 퍼져나갔다. 그동안 보고 싶었던 보라색 장미만의 향기를 응원하기 위해 가을바람이 힘을 모아 달성이 있는 곳으로 향했다.

보라색 장미의 꽃잎은 변할지라도 잃어지지 않는 향이 젖은 꽃잎을 머금어 가을바람을 타고 진하게 울려 퍼졌다. 가을바람이 보라색 장미가 흘린 눈물의 향을 달성에 닿았을 때, 바로 보라색 장미와의 추억을 떠올렸다. 달성의 기도가 응답되었는지 잊을 수 없는 그 향을 따라 움직이기 시작했다.

'곧 갈게. 보라색 장미야. 기다려.'

달성은 소중했던 보라색 장미가 걱정되었다. 다시 찾아가야 하는데 보라색 장미가 있는 곳에서 너무 멀리 걸어와 버렸다. 그래도 달성은 자신에게 특별했고 소중했던 보라색 장미의 향을 떠올리며 힘을 내 찾아가기로 했다.

가을바람의 임무가 시작될 때, 지나가는 사람들은 보라색 장미의 아름다운 향기를 탐내었다. 그래서 자기 것으로 허락 없이 만들려 했으나 보라색 장미의 가시가 돋친 본모습을 보면 오히려 화를 내었다. 사람들은 보라색 장미의 가시가 불쾌하다며 하나씩 가시를 자르곤 도망가 버렸다.

보라색 장미는 달성과 함께 바라보았던, 첫 번째 공원의 아픈 나무 기둥을 떠올리며 슬피 울었다. 하지만 보라색 장미의 젖은 꽃잎에 대한 의미를 알아주는 이가 없었다. 하늘만은 알아주길 바라며 애써 멍든 가슴을 진정시켰다. 달성이 자신만의 향을 맡고 다가올 거라는 걸 모르는 보라색 장미는 외로움과 그리움에 가시를 곤두세웠다. 다시 상처받고 싶지 않은 마음을 부여잡기 위한 자신만의 잘못된 자기방어 수단이었다. 보라색 장미의 오해는 깊어졌고 달성만이 해결책이었다.

지나가는 발걸음 소리에도 무관심해지고 자신의 향기에 대한 칭찬에도 마음을 열지 않는 보라색 장미의 마음은 오로지 달성을 향한 그리움과 따스한 눈빛이었다. 달성이 지친만큼 보라색 장미는 더욱이 그리움에 사로잡혀 보랏빛이 진해져 갔다.

'이러다 달성을 향한 그리운 마음의 멍 때문에 검은빛 장미가 되겠어.'

보라색 장미의 오해로 생긴 이별의 순간이 다가옴에 서로는 가슴이 아파져 왔다.

'보라색 장미야, 추억으로 자꾸 흘리는 눈물에 누군가 날 위해 이렇게 말해주었어. [이제는 그만 울어요] 그런데 계속 내 마음이 날 울려. 아니, 내가 행복했던 순간이 너라서 널 생각하면 그리움에 내 마음이 아파져 와. 나 이렇게 힘들어하고 있어. 진정으로 필요한 네가 지금은 왜 보이지 않는 거니. 날 잊은 것만 같은 네게 물어볼 게 많은데 말이야. 그래서 나는 내 마음대로 생각하기로 했어. 우리 잠시만 이별하는 거야. 다시 널 만나러 갈게. 널 많이 사랑하고 있어.'

너무 멀리 헤맨 달성은 보라색 장미의 향이 옅어질까 걱정했다. 가을바람도 쉬지 않고 두 생명을 위해 수고했다. 보라색 장미의 젖은 꽃잎의 향기는 강하게 가을바람을 타고 흘렀다. 점점 가까워지는 그 향에 달성은 지쳤던 걸음에 힘을 더했다. 향은 가까워졌는데 보이지 않는 보라색 장미였다. 달성은 크게 보라색 장미의 이름을 부르며 애타게 찾고 싶었다. 하지만 더욱이 조심스럽게 다가가기로 했다. 겨우 찾은 보라색 장미의 모습은 작고 초라하게만 보였다.

"보라색 장미야. 혼자 울지 마. 우리 같이 있자."

해진 운동화

보라색 장미는 익숙하고 따뜻한 목소리에 젖은 꽃잎의 방울이 고이다 멈춰버렸다. 그러고는 한없이 작고 초라해진 자기 모습에 자신이 없었다. 그렇게 보고 싶고 듣고 싶은 달성의 그 모든 모습을 애타게 기다렸는데 막상 다시 찾아와 준 그를 향해 다시 웃을 수가 없었다. 달성은 한동안 말없이 기다려 주었다. 그리고 다시 보라색 장미를 향해 말을 건넸다.

"보라색 장미야, 기억해? 우리는 함께 있는 것만으로도 참 행복했어. 많은 말을 하지 않아도 우리가 함께 바라보았던 자연은 꼭 우리를 위한 하늘의 선물과 같았어. 내가 지칠 땐 너는 내게 힘이 되어주는 말을 해주며 위로해 주었어. 무엇보다 넌 날 바라보며 세상에서 예쁘게 살랑이던 내 소중한 보라색 장미인 걸 알고 있니?"

달성의 진심 어린 고백이 묻어난 질문에 보라색 장미는 어디서부터 어떻게 말을 해야 할지 어려웠다. 그런 보라색 장미를 헤아린 달성이다. 다시 이름을 부르며 차가운 흙 속에서 하늘색 유리병에 담긴 보라색 장미를 가슴에 꼭 안았다.

"보라색 장미야…."

바닥만 내려다보던 보라색 장미는 달성의 품에 안기자 달성의 해진 운동화를 보게 되었다. 달성의 운동화를 바라보며 보라색 장미는 더 많은 말을 하지 않아도 그동안 달성이 자신을 위해 얼마나 수고했는지 알 수 있었다. 보라색 장미는 다시 고여오는 눈물과 함께 달성에게 겨우 꺼낸 한마디이다.

"달성아, 내가 미안해."

보라색 장미는 하고 싶은 말이 많았다. 하지만 그럴 수 없었다. 그리웠던 얼굴 한번 보고 싶었는데, 달성의 해진 운동화 사이 상처가 난 발을 바라볼 수밖에 없는 보라색 장미였다. 달성의 해진 운동화가 모든 걸 설명할 수 있었다.

"우리는 같은 공통점이 많았는데, 달리 살아온 삶은 서로가 존중해야만 해. 꼭 김밥 속의 재료가 같아도 잘 말아진 김밥과 달리 터진 김밥이 있듯이 말이야. 우린 같아도 결국은 다른 거야."

"보라색 장미야, 갑자기 무슨 말이야."

보라색 장미는 겨우 다시 만나서 고백을 전한 달성의 마음을 귀담아듣지 않은 듯 밀어내었다. 달성은 보라색 장미의 말을 듣고 이해하고 싶지 않았다.

'보라색 장미야, 우리가 왜…. 널 이해하지 않을 거야. 다시는 흔들리는 널 보고 실수하지도 않을 거야.'

그렇게 생각에 잠기다가 달성은 자신과 보라색 장미에게 화도 났다. 그래서 보라색 장미를 향해 처음으로 화를 냈다.

"그날! 날 믿지 않고 이유 없이 흔들리고 있는 널 바라보며 내 심장이 어땠는지 네가 알아? 그리고 숨어버린 널 내 가슴에 묻고 홀로 그리움에 헤매는 내 발걸음을 너는 알아? 널 잊지도 못하고 너무 먼 걸음을 하다 드디어 다시 널 찾았어. 내 기쁨은 알 수 없는 네 말에 짧은 순간이었고 다시 헤어질 상상에 아찔할 뿐이야. 그 순간 그 모든 걸 다 알지 않아도 너만 있으면 좋겠어. 우리가 되자."

"달성아, 넌 내가 처음으로 마음의 문을 연 사람이야. 그런데 네 상처 난 두 손과 두 발을 보며 깨달았어. 나는 시기가 오면 지고 피는 한날의 꽃이야. 나는 다시 피어날 거야. 널 만나서 처음으로 기뻤는데…."

보라색 장미는 달성을 만나며 세상의 아름다움을 다시 발견하게 되었다. 그리고 달성의 관심과 사랑을 받으며 세상을 미워했던 마음은 용서로 변했다. 달성은 보라색 장미에게 눈에 보이지 않는 아름다움의 소중함을 배우고 다시 일깨워 주었다. 그리고 사랑을 주는 것이 참 행복하다는 것을 알았다. 그러나 서로 다른 존재임에 더는 함께할 수 없음을 깨달았다.

마지막 인사와 함께 더는 부르기 힘든 이름을 애써 웃어 보이며 줄기를 숙였다. 달성의 눈물을 볼 자신도 없었다. 그리고 자신의 젖은 꽃잎을 보이고 싶지 않은 보라색 장미였다. 달성은 보라색 장미가 담긴 하늘색 유리병을 가슴에 꼭 안고는 두 어깨를 들썩였다. 그러고는 흐르는 눈물이 보라색 장미의 잎에 스며들었다. 그리고 그는 힘이 들어간 목소리로 외쳤다.

“나는 하늘에 관한 책을 읽어도 하늘을 사랑하는 방법을 모르겠어. 지금도 나는 하늘을 사랑하지 않아. 내 옆에서 계속 가르쳐 줘.”

달성의 눈물과 화난 목소리에 보라색 장미는 그를 바라보며 말했다.

“나는 네가 하늘을 다 가르쳐 주지 않아도 괜찮아. 하늘을 사랑하니까. 달성아, 사랑하는 방법을 잊지 마. 우리 완벽하지 않아서 좋았던 것 같아. 나는 하늘을 사랑했고, 너는 하늘의 사랑을 받아서 우리가 될 수 있었던 거야. 사랑했어. 소중했어. 잘 가.”

마음에도 없는 인사와 붙잡아 주길 바라는 못된 바람이 보라색 장미의 마음을 아파져 오게 했다. 그런 보라색 장미를 잊기 위해서 달성은 세상 속에서 더욱 바쁘게 움직였고 힘들 때마다 하늘에게 기도했다. 그리고 주어진 일에 감사했다. 달성은 잊기 힘든 그 사랑을 생각하며 애써 푸른 하늘을 보았다. 그리고 하늘을 향해 사랑한다고 웃어 보였다.

보라색 장미는 세상을 아름답게 보았지만 나눌 수 있는 존재가 그리웠고 달성은 사랑하는 방법을 알았지만 새롭게 다시 시작하는 사랑이 힘들었다. 그래서 하늘은 사랑하는 보라색 장미와 달성을 위해 이 고난과 역경을 이겨내는 힘과 능력을 계획했다.

안녕, 보라색 장미야②

하늘이 계획한 결과는 '서로 사랑하라.'였다. 하늘의 뜻이었다. 그 뜻을 이루기 위해 하늘은 그때를 맞이할 준비를 했다. 그래서 달성에게는 '용기'를 주었다. 어둠의 작은 함정에도 잘 놀아나는 보라색 장미에게는 '작은 빛 한줄기'를 주었다.

달성의 추진력을 지켜본 하늘은 그의 용기를 믿어 의심치 않았다. 그리고 아무리 캄캄한 어둠이라도 작은 빛 한줄기가 곧 그 어둠을 뚫고 나오기 때문에 하늘은 보라색 장미 또한 믿었다. 하늘은 달성과 보라색 장미의 사랑을 응원했다.

달성은 한 해의 마지막 단추인 겨울이 오면 함께 하고 싶은 일이 있었다고 말했던 보라색 장미를 떠올렸다.

'이건 아니야. 다시 용기를 낼 거야. 사실 보라색 장미 너도 나만큼 힘들어하고 있을 거잖아. 다시 기다려. 곧 갈게.'

달성은 보라색 장미가 봄에 다시 새싹으로 피어나기 위해 겨울을 홀로 준비하고 있음을 생각했다. 그래서 자신이 선택한 하늘색 유리병을 기억했다. 그리고 마지막으로 햇빛이 잘 드는 곳에 묻어두었던 장소를 떠올렸다.

다시 보라색 장미와의 만남에서 달성은 많은 것이 필요하지 않았다. 한 손에는 하늘의 이야기가 담긴 책을 안고 새 운동화를 신었다. 겨울에는 가을바람의 도움과 보라색 장미의 향도 없었다. 오로지 달성의 기억력과 용기만 있을 뿐이었다.

첫눈이 내리기 시작함과 동시에 시간은 자비 없이 흘러갔다. 길을 잃으면 안 되는 달성의 눈앞에는 점점 하얀 풍경이 앞을 가리기 시작했다. 달성은 기억마저 잃을까 두려웠지만, 용기만은 지켜냈다. 달성은 자신의 발자국이 조금씩 쌓아지는 것을 보곤 길을 헤매지 않기로 했다. 이건 하늘이 겨울의 눈을 통하여 달성에게 준 지혜의 선물이었다.

겨울의 어려움과 추위를 극복하니 하늘이 따뜻한 해님을 더욱 강하게 비춰주셨다. 달성은 따뜻한 온기를 느끼며 다시 힘을 냈다. 그 온기는 사라지지 않았고 겨울이 지나감을 알렸다. 그렇게 달성의 발목이 보이기 시작함과 눈이 녹아 길이 보였다. 그 길이 보였다. 바로 보라색 장미가 있는 그 자리였다. 달성은 그곳에 말이 없는 하늘색 유리병과 같이 앉아서 지친 몸을 쉬었다. 그리고 같이 따뜻한 온기를 느끼며 다시 새로워질 봄을 맞이했다. 이어서 하늘은 달성을 위한 그림을 펼쳤다. 하늘색 유리병 속, 보라색 장미가 씨앗을 남겼다. 그 씨앗은 보라색 장미의 작은 빛 한 줄기였다. 숨을 고른 달성은 생각했다.

'보라색 장미야, 다시 시작이야.'

하루가 지나고 안개가 걷히니 하늘색 유리병에서 작은 새싹이 텄다. 달성이 먼저 그 새싹을 위해 말을 건넸다.

"안녕, 보라색 장미야."

어린 새싹은 달성의 따뜻한 목소리가 멋있었다. 그리고 익숙한 느낌이 들어 살랑였다.

'나를 보고는 따뜻하게 인사해 주었어. 이 느낌이 싫지 않아. 그리고 이 온기도 멋있게 다가오는 거야. 알고 싶어. 이 사람을.'

어린 새싹은 달성의 따뜻한 목소리로 인해 세상에 태어난 것이 행복했다. 그런데 달성이 처음 보는 자신에게 이미 아는 듯이 인사한 게 궁금했다.

"안녕하세요. 그런데 왜 저에게 보라색 장미라고 하셨나요?"

달성은 지난날의 보라색 장미가 이렇게 귀여운 새싹으로 다시 태어난 것에 감사하면서도 앞으로의 날들이 기대되었다. 보라색 장미의 비밀도, 흔들렸던 마음도 다 알고 있지 않아도 달성은 괜찮았다. 모든 걸 사랑으로 덮기로 했다. 그리고 달성은 이름도 많이 불러주고 하늘에 관한 이야기를 가르쳐 주기로 했다. 달성의 확신이 담긴 사랑으로 두 생명은 새 시작이 되었다.

"네게 잘 어울리는 이름인 것 같아서 내가 지어주었어. 어때?"

"저는 보라색이 싫어요."

달성은 옛날 보라색 장미의 성이 난 목소리가 생각나 그만 피식 웃어버렸다. 그러고는 어린 새싹을 향해 보라색의 매력을 알려주었다.

“보라색이 얼마나 예쁜 색을 가졌는지 모르는구나. 분홍색 장미보다 아름다운 향을 지니고 있단다. 그래도 보라색 장미가 싫으니?”

어린 새싹은 달성의 논리적이고 짧은 설득력이 멋있었다.

“좋아요. 제 이름이 생겨서 기뻐요. 저도 이름을 알고 싶어요.”

“내 이름을 알고 싶구나. 나는 달성이라고 해. 편하게 불러줘.”

“그렇게 할게. 달성아.”

달성은 다시 보라색 장미와 함께 하늘의 사랑과 이야기를 가르쳐주는 삶을 살기로 했다.

“내가 재미있는 하늘 이야기를 특별한 너에게 들려줄 건데 잘 들으려면 어떻게 해야 할까?”

달성의 달콤하고 흥미진진한 목소리에 보라색 장미는 호기심이 생겼다.

“귀 기울여 들어야 해요.”

옛날, 보라색 장미의 어린 모습이 꼭 옆에 있는 것 같아 피식 웃어버렸다.

‘어휴. 다시 존칭이라니. 그리고 어린 새싹의 말도 맞지만 내가 원하는 대답이 아닌데. 그렇다고 틀렸다고 하면 성이 난 목소리를 내려나. 아니면 토라지려나.’

달성은 생각을 정리하고 가볍게 웃으며 말했다.

“그래. 보라색 장미야. 귀 기울여 들으려면 내 옆에 계속 있어야겠지. 그리고 말은 네 마음이 편할 때 놓으렴.”

‘이 느낌 뭔지 아는 것 같아.’

보라색 장미는 설렜고 붉어지는 느낌이 싫지 않았다. 달성과 짧은 시간을 만났지만, 그 마음을 확신했다.

'이 사람을 좋아하기로 했어. 난 반해버렸어.'

꼭 어린아이가 행복해서 웃는 것처럼 살랑이는 보라색 장미의 모습에 달성은 호탕하게 웃었다. 그 웃음이 보라색 장미를 향한 대답이 되었다. 그리고 서로는 동시에 같은 말을 했다.

"행복해."

"행복해."

달성은 생각했다.

'우리 이렇게라도 다시 만나니 감사해.'

그리고 보라색 장미를 향해 기쁜 마음으로 웃으며 말했다.

"내가 하늘에 관한 이야기를 들려줄 때 졸면 안 돼."

보라색 장미는 당당하게 말했다.

"응! 그럴게. 달성아."

무기와 방패

달성은 밤이 깊었는데도 쉬지 않고 이야기했다. 보라색 장미는 졸면 안 된다는 달성의 말을 지키고 싶었는데 어려웠다. 그만 울어버린 보라색 장미를 보곤 달성은 당황해 버렸다. 그러다 달성은 보라색 장미의 젖은 꽃잎을 닦아주려고 살짝 어루만져 볼 생각을 했다. 달성이 그 생각에 잠겨 이야기를 멈추니 보라색 장미의 울음도 그쳤다. 달성은 정신을 차리고 이야기를 멈췄다. 그리고 보라색 장미에게 잠을 청하기로 약속했다. 그렇게 새벽의 달빛이 깊어지자 서서히 잠이 들었다.

참새의 맑은 새소리가 밝은 아침의 햇볕을 알리니 보라색 장미가 먼저 일어났다. 그리고 아직 잠을 자는 달성을 깨우기 위해 흥얼거리며 숙면을 방해했다. 한참이 지나도 달성이 꿈적하지 않자 이번에는 보라색 장미가 말을 걸기 시작했다.

“달성아, 달성아.”

달성은 보라색 장미의 목소리를 못 들은 척했다. 그러나 올라가는 입꼬리를 숨기기가 힘들었다. 사실 달성은 한숨도 못 잤다. 달성은 보라색 장미가 먼저 눈을 감기 전까지 새벽의 예쁜 밤하늘을 바라보며 기도했다.

‘밤하늘이 참 아름답습니다. 참 감사합니다.’

그리고 점점 무거워지는 눈꺼풀을 잠시 눈을 붙였다. 그런데 들리는 보라색 장미의 목소리에 어찌할지 몰라 당황스러운 달성이었다. 달성은 너무 피곤한 나머지 이렇게 생각하기로 했다.

‘일단, 나는 못 들은 거야. 그런데 보라색 장미야. 왜 이렇게 귀엽게 내 이름을 부르는 거니. 나 웃을 것 같아.’

하지만 이미 보라색 장미는 달성이 올라가는 입꼬리를 확인해 버렸다.

‘달성아…. 너 안 자는 거 들켰어.’

달성의 올라간 입꼬리를 확인한 보라색 장미는 본격적으로 달성을 깨우기 시작했다.

“달성아, 달성아! 하늘의 구름 좀 봐봐. 달성아, 달성아! 저기 새롭게 올라온 새싹이 있어. 달성아, 달성아! 내가 보고 있는 것 좀 봐봐.”

보라색 장미가 계속 들뜬 마음으로 달성의 이름을 부르며 친근하게 말하니 달성은 그 시간이 좋은 나머지 눈은 감은 채 입꼬리만 올렸다. 사실 보라색 장미는 계속 달성의 얼굴만 바라보며 한 말이었다. 달성의 입꼬리가 보라색 장미에는 기쁨이었다. 계속 신이 나 있는 보라색 장미이지만 달성은 피곤하기도 했다. 그래서 작은 기침하며 보란 듯이 인상을 찌푸리고 더 자고 싶다는 눈치를 주었다.

"에헴."

"달성아, 달성아! 나 있지. 어쩜 좋아. 세상이 너무 아름다운 거야. 좀 일어나 봐."

사실 달성은 그 작은 기침을 시작으로 보라색 장미가 한 번 더 말을 시도하면 짜증을 내려고 했다. 하지만 보라색 장미의 밝은 내면에 결국 달성은 이해하기 쉽게 자신의 상태를 따뜻한 목소리로 말해 주기로 했다.

"보라색 장미야, 나는 어제 하늘에 관한 이야기를 새벽까지 들려주어서 아직 피곤해."

"달성아. 나는 하늘에 관한 이야기를 적당히 듣고 싶었어. 그리고 나도 너의 이야기를 귀담아들어 주었는걸."

"보라색 장미야, 나는 너와는 달라. 내가 적당히 들려주지 못한 건 미안해. 그런데 내가 지금 일어나서 너와 함께 하루를 시작한다면 나는 계속 피곤할 거야."

"달성아, 내가 널 존중할게."

"고마워, 보라색 장미야."

서로 예쁜 추억을 만들기 위해서 달성은 살랑이는 보라색 장미를 보고 다시 잠을 청했다. 보라색 장미는 달성이 잠을 잘 잘 수 있도록 혼자만의 시간을 가졌다. 심심한 걸 싫어하는 보라색 장미는 달성이 예쁜 꿈을 꾸는 동안 봄바람에 흩날리는 꽃잎을 주워 받아 선물하기로 했다. 여전히 호기심이 많은 달성의 옆에서 보라색 장미가 사부작사부작했다. 달성은 그 소리를 궁금해했지만, 꾹 참았다. 다시 청하는 잠이 오지 않아 달성은 눈을 감은 채 오늘 보라색 장미와 함께 어떻게 추억을 만들지 생각했다. 생각에 잠겼던 달성이 작년에 보라색 장미와 처음으로 갔던 공원을 떠올렸다.

'그 공원을 보라색 장미와 다시 간다면 어떨까? 이번에는 내가 재미있는 이야기를 들려주도록 노력해야지.'

그리고 눈을 뜨기 시작했는데 보라색 장미가 기다렸다는 듯이 자신이 모아둔 봄날의 꽃잎들을 보여주었다.

"달성아, 달성아! 이렇게 예쁜 꽃잎들을 모아놓고 내가 너를 얼마나 기다렸는지 몰라."

"그랬구나. 참 예쁘다. 고마워."

"응. 달성아, 나는 어떤 꽃잎을 피우게 될까? 달성의 말대로 보라색 꽃잎일까?"

"보라색 장미는 어떤 색깔의 꽃잎이었으면 좋겠어?"

"나는 달성이 지어준 이름처럼 보라색 장미였으면 좋겠어."

"보라색 장미야, 나는 네가 꽃잎을 피울 때면 새로운 이름을 지어줄 거야.

그리고 네가 어떤 색깔의 꽃잎을 피우든 내겐 소중해."

"달성아, 내가 너에게 기쁨이 되는 꽃이 되어서 널 행복하게 해줄게."

"나는 널 지켜줄게."

달성의 말에 살랑이는 보라색 장미다.

"달성아, 그래서 오늘 나랑 뭐 하고 지낼까?

나는 이 세상이 너무나도 아름답게 보여. 그래서 너랑 가보고 싶은 곳이 많아."

달성은 생각했다.

'보라색 장미야, 아직 세상은 무서워. 네가 하늘만 알아서 그래. 아직 어둠을 모르는 너지만, 내가 널 강해질 수 있도록 도와줄게.'

그리고 달성은 보라색 장미가 심어진 하늘색 유리병을 가슴에 꼭 안고 일어나 말했다.

"보라색 장미야, 어제 하늘에 관한 이야기 잘 들었지?"

"응."

"나는 너와 같이 하늘을 많이 사랑해. 너와 함께 어둠과 맞서 하늘의 승리하심을 보여줄 거야. 보라색 장미 너 준비되었니?"

"달성아, 나는 너와 함께라면 용기 낼 거야."

"그래. 보라색 장미는 내가 가르쳐 주는 하늘만 알고 있어. 어둠을 알게 된 내가 싸울 테니."

"그럴게. 달성아, 내 기도가 너에게 무기와 방패가 되어줄게. 힘내줘야 해."

"물론. 우리 서로 든든하게 힘내야지."

달성의 말에 보라색 장미는 살랑였다.

"보라색 장미야, 우리 오늘 예쁜 공원으로 가자."

추억을 만들 발걸음이 시작되었다. 그런데 더욱 일찍 일어나서 부지런히 아침을 맞이했던 보라색 장미가 달성의 따뜻한 품 안에 안기자 스르륵 잠이 들었다. 달성은 보라색 장미가 심어진 하늘색 유리병에 봄날의 예쁜 분홍색 꽃잎이 떨어진 상태로 졸고 있는 모습을 보고는 사랑스러워 그만 크게 웃어버렸다. 달성의 큰 웃음소리에 깜짝 놀란 보라색 장미가 달콤한 잠을 방해한 달성을 빤히 바라보았다.

"보라색 장미야. 늦게 자고 일찍 일어나서 많이 졸렸구나. 곧 있으면 보여줄 나무가 있어!"

네가 내 첫사랑이야

어느덧 그 공원에 도착했다. 보라색 장미에게 아름다운 공원을 보여주려던 마음과 다르게 반년 사이에 그 공원은 한눈에 봐도 너무 아파하고 있었다. 달성이 보라색 장미를 처음 만나기 전에는 눈에 보여도 몰랐던 그 아픔이 이제는 눈을 통해 바라보는데, 마음으로도 아픔의 진동이 울려왔다.

"보라색 장미야. 내가 너와 함께 오고 싶었던 공원에 도착했어."

보라색 장미는 달성의 슬픈 눈동자를 바라보고 말했다.

"달성아, 너도 나와 같은 마음으로 바라보고 있는 거지."

"응. 보라색 장미야, 내가 보고 있는 나무 보여?"

달성의 얼굴을 바라보던 보라색 장미는 바로 그 나무를 찾았다.

"응. 나무 기둥에 원치 않는 커다란 구멍이 나 있고 그 속에 작은 기둥이 박혀 있어."

"보라색 장미야, 아픔이 보이는 저 나무를 위해 내가 일할 테니 너는 하늘에게 기도해 줘. 내가 힘을 낼 수 있도록."

"알겠어. 달성아."

달성이 일을 시작하기에 앞서 보라색 장미가 하늘에게 기도했다.

"자연의 아픔을 알아주시고 사람의 죄를 용서하여 주세요."

보라색 장미의 기도와 동시에 달성은 움직이기 시작했다. 그리고 달성이 말했다.

"나무야 내가 잠시 올라가는 동안 나무껍질이 긁혀서 아플 거야. 정말 미안해. 그래도 저 구멍 난 곳에 작은 기둥이 박혀서 계속 아파하는 일보다 나을 거야. 내가 빨리 도와줄게."

나무는 달성의 말을 듣고 순응했는지 나뭇가지에 힘을 주었다. 그 덕분에 달성은 나뭇가지에 몸을 실어 지탱할 수 있었지만 박혀 있는 작은 기둥이 뜻밖에 무거워 하마터면 떨어질 뻔했다. 보라색 장미의 쉬지 않는 기도에 달성은 정신을 곤두세웠고 다시 나무를 위해 집중했다.

하늘은 보라색 장미의 기도를 들었고 하늘을 평화롭게 날아다니고 있던 흰색 비둘기들이 나타나 달성이 작은 기둥을 잘 빼낼 수 있도록 의자 역할을 해주었다. 달성은 추진력을 얻어진 힘을 다해 그 작은 기둥을 빼내었다.

그러자 흰색 비둘기들이 달성을 안전하게 땅으로 내려보내 주었다. 그리고 보라색 장미와 달성에게 감사의 노래를 불러주었다. 달성은 기진맥진했지만, 새들의 아름다운 노랫소리를 감상하며 하늘의 살아 계심을 다시 한번 느꼈다.

보라색 장미는 마지막으로 하늘에게 감사 인사를 드리며 기도를 멈추었다. 그 나무는 작은 기둥이 밖으로 나오자 힘을 가득 주었던 나뭇가지의 잎들을 모두 떨어뜨렸다. 그 나무는 새로운 생명이 되기 위해서 애쓰고 있었다. 많은 힘을 썼던 달성은 아름다운 소리가 멈추자 참았던 눈물을 흘렸다. 보라색 장미는 달성의 눈물을 보고 같이 마음을 아파하며 한동안 침묵하는 시간을 같이 가졌다. 그리고 보라색 장미와 달성은 같은 생각을 했다.

'이 세상에 나 혼자가 아니라서 감사해. 너와 내가 함께인 건 얼마나 큰 축복인지 몰라. 우리 지금은 너와 나뿐이지만 하늘의 빛을 같이 알리자.'

그렇게 침묵이 흐르고 나서 달성이 보라색 장미를 보고 말했다.

"보라색 장미야, 왜 이렇게 축축해졌니?"

"내가 쉬지 않고 기도하느라 나도 힘이 많이 들었나 봐. 달성이 너도 이마에 땀이 많이 났어. 힘내줘서 고마워. 내가 아무리 혼자 기도해도 할 수 없는 일을 네가 해준 덕분에 나는 얼마나 감사하고 기쁜지 몰라."

"나도 고마워. 보라색 장미야. 네 기도가 하늘에게 닿아서 내가 더 힘을 낼 수 있었고 안전하게 움직일 수 있었어."

그러자 보라색 장미는 달성의 말에 부끄러워졌다.

'달성은 멋있구나.'

'보라색 장미. 참 사랑스럽구나.'

그리고 동시에 말을 걸었다.

"보라색 장미야."

"달성아."

보라색 장미가 줄기를 한쪽으로 기우니 달성이 다시 말을 이었다.

"보라색 장미야, 우리 오늘 이 나무 아래에서 남은 하루를 감사하게 보내자."

"좋은 생각이야. 이 나무는 어떤 나무일까?"

"보라색 장미는 어떤 나무였으면 좋겠어?"

"나는 이 나무가 벚꽃 나무였으면 좋겠어. 그래서 벚꽃이 피고 질 때 달성이 나를 위해 봄바람에 흩날리는 벚꽃 잎을 잡아주면 좋겠어. 나 너 사랑하거든. 네가 내 첫사랑이야."

그러자 달성은 생각했다.

'이럴 수, 그래! 내가 네 첫사랑이 될게.'

"보라색 장미야. 고백은 내가 할 거야, 나를 쑥스럽게 만들지 말아줘. 네가 꽃을 피울 때, 내가 네 이름을 다시 지어주고 널 향한 내 마음을 고백할게."

"응! 그런데…."

달성은 자신이 한 말에 보라색 장미가 좋아할 줄 알았는데 살짝 망설이는 게 궁금했다.

"왜 그래. 보라색 장미야?"

"나는 거짓말도 못 하고 내 감정에 충실해. 너를 사랑한다고 많이 말해줄 거야. 그래도 네 말처럼 고백은 네가 하게 해줄게."

"알겠어. 보라색 장미야. 그런데 왜 고백은 내가 해주길 바라는 거야?"

쑥스러워진 보라색 장미는 잎사귀를 살랑이며 말했다.

"나 너만의 보라색 장미니까."

그 말이 너무나도 사랑스러워 달성은 함박웃음을 지었다. 달성이 이렇게 행복하게 웃으니 보라색 장미도 기뻤다. 어느덧 해가 지고 달빛이 비추니 별빛들도 화려하게 수놓았다. 달성은 나무 아래에서 잠을 청하기 전에 보라색 장미를 향해 장난을 쳤다.

"보라색 장미야."

"응?"

"내가 잠이 잘 안 오는데 밤하늘의 별 좀 다 세어줄 수 있겠니?"

"달성아. 이건 나한테 너무 어려운 일이야."

"알고 있어. 하지만 오늘도 내가 잠을 늦게 잔다면 내일 우리의 하루는 늦어질 수 있는걸."

"알겠어, 달성아. 내가 하나하나 세어볼 테니까 잘 자야 해. 그런데 내가 세다가 먼저 잠이 들면 어떻게 해?"

"그럼 내일 우리의 하루는 늦어지는 거지."

"안 돼! 내가 잘 세어볼게."

달성의 짓궂은 장난에 속은 보라색 장미는 살짝 눈물 날 뻔했지만, 내일을 위해서 화려하게 수놓아진 밤하늘의 별을 세기 시작했다.

"별 하나, 별 둘, 별 셋, 별 넷, 별 다섯, 별 여섯, 별 일곱…."

그러곤 달성은 보라색 장미의 목소리를 자장가 삼으며 눈을 감고는 보라색 장미가 어떤 색깔의 꽃을 피우고 고백을 할지 생각에 잠기었다. 그런데 보라색 장미의 별을 세는 목소리의 크기가 작아지니 달성은 살짝 다시 한번 장난을 쳤다.

"으음."

달성의 작은 말소리와 함께 뒤척이는 모습에 보라색 장미는 시선이 별에서 달성으로 옮겨졌다. 보라색 장미는 크게 한숨을 지어버렸다.

"어휴, 이게 무슨 일이야…. 다시 세어야만 하잖아."

그 소리에 그만 달성이 크게 웃어버렸다.

"달성아?!"

보라색 장미가 이름을 부르자 달성은 모르는 척을 하며 말했다.

"보라색 장미야… 왜 불렀니. 나 이제 잠이 들었었는데."

달성의 연기를 눈치를 챈 보라색 장미가 말했다.

"나 별 다 세었어."

"정말? 밤하늘의 별은 몇 개나 되니?"

"내가 밤하늘의 별을 다 세어봤는데 문제 내볼 테니까 꼭 맞혀야 해. 정답은 나만 아는데, 못 맞히면 네가 나 잠들 때까지 세어줘야 해."

"그래. 문제 내봐."

"은하수 더하기 별똥별 빼기 별 날개 더하기 북극성 더하기~ 그래서 별은 총 몇 개일까?"

"보라색 장미야…. 나 잘 모르겠어."

"달성아…. 사실 나도 그래."

너무 솔직한 보라색 장미와 달성의 말에 서로 웃어버렸다.

'보라색 장미는 너무 솔직해서 장난도 못 치는구나. 그래도 괜찮아. 순수하고 사랑스러워.'

안전한 보호막

보라색 장미와 달성은 미소를 머금으며 하루가 지나갔다. 그동안 보라색 장미의 줄기가 많이 성장했고 줄기 옆에 또 다른 잎사귀가 틔었다. 아침잠이 얼마나 달콤한지 꿈나라를 즐기고 있는 보라색 장미와 달성이었다. 그러다 그 나무의 마지막 잎사귀가 바람을 타고 달성의 어깨에 살포시 내려앉았다. 보라색 장미인 줄 알고 일어난 달성은 자신이 꼭 안고 있던 하늘색 유리병을 바라봤다. 달성은 보라색 장미의 성장함에 깜짝 놀라기도 했으며 기뻐했다.

'보라색 장미야, 지금처럼 건강하게 잘 자라줘야 해. 내 옆에서 바라보는 세상이 무서울 수 있지만, 다시는 혼자 두지 않을게.'

달성의 어깨가 살짝 올라감에 보라색 장미도 아침의 햇볕을 반겼다.

"달성아, 좋은 아침이야."

"응. 보라색 장미 덕분에 기분 좋은 아침이야."

"어쩜. 내 덕분에?! 왜?"

"보라색 장미가 성장해서."

달성의 말에 보라색 장미는 전율을 느끼고 성장함에 기쁨을 누렸다. 달성은 자기 모습을 볼 수 없는 보라색 장미를 대신해서 얼마나 성장했는지 가르쳐 주었다.

"보라색 장미야, 한쪽 줄기에서 이제 새로운 잎이 싹 틔울 준비를 하고 있어. 그리고 너를 처음 봤을 때보다 줄기가 살짝 길어졌네."

"그렇구나. 나는 어떤 색깔의 장미꽃을 피우게 될까? 나는 얼마나 부드러운 꽃잎을 지니게 될까?"

보라색 장미의 순수한 질문에 달성은 장미의 가시는 숨기고 대답해 주었다.

"그러게. 보라색 장미가 어떤 색이든 내게 중요하지 않아. 너는 내게 이미 소중한 존재이기 때문이야. 보라색 장미야. 네가 성장할수록 너는 안전한 보호막이 생길 거야. 아무도 너를 꺾어가지 않도록 말이야. 나는 그런 널 하늘색 유리병에 심어준 거야."

"보호막?! 상상만 해도 즐거워."

보라색 장미의 해맑은 웃음에 달성은 한쪽 심장이 아려오는 마음을 어찌할 바를 몰랐다. 달성은 보라색 장미가 성장해서 가시가 생기면 남들과 비교하지 않도록 가시의 소중함을 이야기해 줘야겠다고 생각했다. 달성은 하늘색 유리병에 심어진 보라색 장미를 가슴에 꼭 안고 다시 집으로 돌아갈 준비를 했다.

"보라색 장미야, 내 집으로 가자."

"달성아, 너의 집에 도착한다면 나를 하늘색 유리병에서 꺼내줘.

내가 너의 집 앞마당에 수많은 씨앗을 싹 틔울 수 있도록. 그래서 지금은 너에게 1송이지만 해가 바뀔수록 수천 송이가 되고 싶어."

"보라색 장미야, 나는 수천 송이의 장미보다 지금 내 앞에 있는 한 송이! 너만 소중해."

"부끄럽게 왜 이래."

보라색 장미는 아직 달성의 사랑이 어색했다. 그래도 붉어지는 느낌이 싫지 않았다. 보라색 장미는 생각했다.

'나…. 어떤 꽃잎을 피우게 되는 걸까? 달성에게 예쁨받고 싶다.'

"에헴! 오늘 하늘에 피어난 구름도 내 앞에 있는 보라색 장미처럼 참 예쁘구나!"

'부끄럽게 왜 이래.'

보라색 장미의 살랑대는 모습에 달성은 활짝 웃으며 가볍고 힘차게 발걸음을 이동했다. 맑은 시냇가가 보이자 달성은 목을 축이고 발과 나무껍질에 베인 손을 깨끗하게 씻어냈다.

"에헴! 달성아, 목말라."

"아! 충분한 물 뿌려줄게. 그리고 잎사귀도 살포시 적셔줄게."

"달성아, 내 잎사귀는 괜찮아. 이슬비가 곧 내릴 거래."

"아…."

달성도 감정에 충실해서 아쉬운 감정을 숨기지 못했다. 그리고 보라색 장미는 생각했다.

'물만 뿌려줄 것이지. 이 사람이!'

달성의 아쉬운 마음을 고려할 생각이 없는 보라색 장미는 모르는 척했다. 그리고 괜히 심술을 부렸다.

"달성아, 나 여기 좀 간지러워."

"뭐?! 어디 어디?"

"어! 괜찮아. 살랑대는 바람이 지나가며 긁어줬어."

"아쉬워…."

"달성아. 무엇이?"

"어! 살랑대는 바람이 나는 안 긁어주었다고 말하는 거야…."

"그래. 나도 그 마음 알아."

달성은 생각했다.

'네가 내 마음을 뭘 알아….'

그리고 보라색 장미가 달성의 표정을 읽고 이어 말했다.

"달성아, 사실 살랑이며 지나가는 바람이 내게 속삭여 준 이야기가 있는데, 궁금해?"

"응!"

"달성아, 그럼 나 칭찬 한 가지만 해줘."

"보라색 장미는 사랑스럽다."

"기분 좋아. 달성아 사랑은 서로 지켜주는 거래."

보라색 장미의 말은 달성에게 싱거운 말이었다. 그런데 달성은 알고 있는 말이면서도 그 말을 전해주는 보라색 장미가 멋있게 느껴졌고 괜히 쑥스러워졌다. 맑은 시냇가를 지나 한 고개를 넘어가니 먹을거리를 판매하는 작은 시장이 있었다. 그런데 시장행사가 있는 날인지 많이 소란스러웠다. 분명히 작은 시장인데, 이렇게까지 소란스러울 수가 있을까 싶었다.

"달성아, 달성아. 나 가까이서 만나보고 싶어!"

“안 돼! 보라색 장미야.”

“달… 성아?! 왜 그러는 거야?”

이웃사랑

달성은 시장 앞에서 길게 줄을 서며 가마를 타고 시장을 대표하는 위인을 내세우는 사람들을 목격했다. 그리고 북과 같은 악기를 화려하게 울리고 말 위에 올라타서는 행인에게 손 인사를 하며 지나가는 걸 보았다. 달성은 처음에 목격했을 때는 자신도 모르게 눈에 힘이 들어갔다. 그 상황은 이해하고 싶어도 너무 어려웠고 바라만 보는데 괜히 화가 났다. 달성은 생각했다.

'그래. 괜찮아…. 아니야. 뭐가 괜찮아! 저기 울고 있잖아. 보라색 장미의 말처럼 이슬비가 내리고 있는데, 말이 울고 있는 게 나는 왜, 보이는 거냐고!'

달성은 속으로 소리 없이 아우성을 치며 작게 외쳤다.

"살려달라고 애원하잖아. 말이라도 자유롭게 놓아줘."

보라색 장미의 호기심은 달성의 심장 박동 소리에 공포로 다가왔다. 달성과 보라색 장미는 다른 의미로 부들부들 떨고 있었다. 그러자 까치 한 마리가 날아와 보라색 장미에게 소식을 전해주고 날아갔다.

"달성아, 까치가 하늘에서 소리가 울릴 거래. 그리고 다시 말하기를. 하늘이 우리보고 두려워하지 말라고 하셨어. 그러니 쉬지 말고 기도하래."

"알겠어. 보라색 장미야."

그래도 두려움에 떨고 있는 보라색 장미를 위해서 달성이 먼저 기도를 시작했다. 뒤이어 보라색 장미도 용기 내어 달성을 따라 하늘에게 기도했다. 중천에 떠 있던 해가 노을이 되어서야 하늘이 두 생명의 기도를 들어주셨다. 그리고 움직이셨다. 저녁이 시작되려 하는데도 작은 시장에서 울리는 북소리가 더욱더 현란해지고 말의 울음소리도 섞여 울리자 하늘이 움직이기 시작했다.

하늘의 빛들이 분주해졌다. 밤하늘의 별빛 노랫소리에 말들은 처음과 다른 울음소리를 내기 시작했다. 말들의 다른 움직임에 이상함을 눈치챈 행인이 깜짝 놀랐다. 노을이 지고 은하수가 춤추며 회전하니 거친 박자로 빗방울이 떨어지기 시작했다. 그러자 행인의 진한 화장이 민낯으로 바뀌었다.

하늘의 살아 계심을 느낀 달성과 보라색 장미는 추진력을 얻어 더욱 기도에 힘썼다. 달성이 지쳐 쓰러지기 직전에 보라색 장미가 크게 하늘에게 외쳤다. 저녁 하늘에 보름달이 밝게 비추며 그 작은 시장 한가운데를 더욱이 가리켰다. 작은 시장에 있던 행인은 고개를 들어 하늘의 보름달 빛을 바라보았다.

그들의 귀가 텄고 눈이 보이기 시작해서 하고 있던 헛된 일들을 모두 그만두었다. 그리고 흰색 비둘기가 동그랗게 모여들었다. 시끄럽게 울던 까마귀는 떠나가고 피해 있던 참새들이 모여들어 노래하기 시작했다.

보라색 장미가 하늘에게 감사기도를 마침으로 달성은 쓰러졌다. 작은 시장의 행인은 모두가 마을 주민이었고 서로를 알아보기 시작했다. 마을 주민의 표정들은 밝아지기 시작했는데, 보라색 장미의 목소리를 듣는 이가 없었다. 하지만 말들이 움직였다. 말들이 달성이 쓰러진 곳을 가리키며 눈치를 주었다. 마을 주민은 말들이 도망치는 줄 알고 쫓아갔다. 그런데 얼마 안 가서 멈춘 곳을 봤다. 마을 주민 모두가 하늘색 유리병을 꼭 안고 쓰러진 달성을 보고 놀랐다.

"기운을 낼 수 있게 도와주세요. 저희가 가야 할 길이 멀어요."

보라색 장미의 간절함이 마을 주민에게 닿았다. 그러자 마을 주민이 보라색 장미를 향해 말했다.

"먼저 충분히 잘 수 있도록 휴식 공간을 마련해 줄게요."

보라색 장미의 부탁과 쓰러진 달성을 보고 마을 주민은 바로 이웃사랑을 실천했다. 마을 주민이 말과 교감하고 달성을 말 위에 태웠다. 보라색 장미도 같이 갈 수 있도록 마을 주민이 도왔다. 안락한 공간에 도착하자 달성이 안전하게 내릴 수 있도록 말이 무릎을 꿇었다. 그리고 마을 주민은 말에게 다시 한번 감사의 인사를 표현했다.

서둘러 따뜻한 공간에 달성을 눕히고 식은땀이 나는 이마를 살짝 젖은 수건으로 닦아주었다. 달성이 많이 수척해진 모습을 보고 마을 주민이 따뜻한 차를 끓여 마른입을 축였다. 달성이 조금씩 평온한 표정으로 잠드는 걸 모두가 확인했다. 그리고 따뜻한 온기가 유지될 수 있도록 방에 장작불을 때워 덥혀주었다.

보라색 장미는 달성의 옆을 계속 지키고 있었다. 달성이 편하게 한숨 잘 수 있도록 모두 밖으로 나왔다. 마을 주민이 정신을 차리자마자 쓰러진 달성을 목격하고 보살피느라 그동안 변해버린 마을을 인제 확인했다. 마을 주민은 전율이 아닌 소름 끼치며 놀랄 수밖에 없었다.

무엇을 위해 그동안 연주하던 악기들이었던지, 그 악기들은 다 헤지고 뜯긴 상태로 길바닥에 버려져 있었다. 그리고 발을 보호해 주던 흙 속의 잔디와 마당에 알 수 없는 짙은 검은색 땅이 있었다. 내리쬐는 태양 아래 뜨거워진 검은색 땅에 보호받지 못한 채 동물들의 발바닥이 화상으로 상처가 났다. 예전의 평화롭던 마을을 기억하는 마을 주민들은 분주해졌다.

"여러분 일을 분업합시다."

"네. 좋은 의견이에요."

"어떻게 분업하는 게 좋을까요?"

"먼저 화상으로 다친 동물들의 발바닥을 치유해야 할 것 같아요."

"네. 그리고 힘이 좀 더 강한 사람들이 모여서 이 짙은 검은색 땅을 제거합시다."

"그래요. 힘냅시다."

"부지런히 움직입시다."

주민들이 보기에 아름다웠던 이 땅이 한눈에 봐도 아파하고 있음을 깨닫곤 바로 실천하기 시작했다. 그러자 두려움에 다가갈 수 없었던 새들과 다른 동물들이 마을에 나왔다. 새들은 마을 주민들이 힘을 낼 수 있도록 밝은 노래를 불러주었다. 그리고 한동안 안 보이던 말들이 소를 이끌고 나왔다. 마을 주민들은 소에게 다가가 먹을 거리를 나눠주며 쓰다듬어 주었다. 그리고 소에게 부탁했다.

"사람의 힘으로는 부족하니 우리의 땅을 위해 같이 힘써주겠니?"

소는 고개를 아래를 숙이며 마을 주민들의 부탁을 들어주었다. 그리고 마을 주민들은 감사의 인사를 표현했다.

"아무 잘못 없는 너희에게 우리가 미안해. 그리고 고마워."

소는 아무 말도 하지 않았다. 하지만 마음이 교류했다. 소는 자신이 아플 걸 알았지만 희생하기로 했다. 사람들은 땀을 흘렸고 수고하기 시작했다. 하늘도 진노하심을 풀었고 사랑하는 마을 주민에게 시원한 바람 한 점을 선물했다. 바람 한 점이 불자 고개를 숙이며 땀을 뻘뻘 흘리던 사람들과 소들이 고개를 들어 하늘을 바라보았다. 그날은 햇볕이 따스했고 몽실몽실 구름이 많이 피어난 날이었다. 마을 주민들은 하늘을 보고 말했다.

"참 신비롭고 아름다워."

하늘색 유리병②

그리고 다시 수고하며 땀을 흘리기 시작했다. 그렇게 하루가 한 주가 되고, 한 주는 한 달이 되고, 한 달은 몇 달이 되어… 화상으로 발을 다쳤던 동물들이 서서히 아물기 시작하고 넓게 깔려 있던 짙은 검은색 길이 사라지기 시작하는데도 달성은 아직도 한참 잠을 청했다. 보라색 장미는 달성의 옆에서 생각했다.

"나는 왜… 네가 이렇게 아플 때, 내가 네게 해줄 수 있는 게 단 하나도 없는 거니."

그래도 달성이 언제 눈을 뜨고 일어날지 몰라 자신의 마음을 숨기는 보라색 장미였다. 보라색 장미의 젖은 꽃잎의 방울이 줄기를 타고 흐르자 보라색 장미는 따끔한 느낌을 받았다. 보라색 장미는 그 느낌이 이상해서 솜털같이 부드러웠던 자신의 줄기를 잎사귀로 어루만져 보았다.

'따가워.'

"아야!"

보라색 장미의 아픈 목소리에 잠들어 있던 달성이 눈을 떴다. 인제 정신을 차리고 눈을 뜬 달성이다. 달성이 얼마나 눈을 감고 있었는지 보라색 장미를 통해 알 수 있었다. 달성은 정신을 차릴 틈 없이 혼자 끙끙 앓았던 보라색 장미를 보고 말했다.

"그새 내 옆에서 많이 컸구나."

"달성아…."

"괜찮아. 보라색 장미야."

"나는… 나는 너에게 예쁜 꽃이 되고 싶었는데."

"너는. 너는 내게 얼마나 소중한데."

"달성아. 네가 내 옆에 다가오면 너는 어떻게 되는 거야?"

"나는 네 옆에 갈 수 있어. 걱정하지 마. 하늘색 유리병이 우릴 안전하게 도와주잖아. 나는 널 알기에 잘 다룰 수 있어도 다른 이는 못 건드릴 거야."

"달성아, 네가 말한 그 보호막이 이런 거야?"

"보라색 장미야, 장미가 가시를 왜 지니고 있는지 알고 있니?"

"아니!! 나는 그냥 너에게 예쁜 꽃이면 돼!"

"보라색 장미야. 너는 이미 아주 예뻐. 장미가 너무 아름다운 꽃이라 아무도 쉽게 꺾어 가지 말라고 가시라는 보호막이 생겨서 자신을 지켜주는 거야."

"하지만 너무 외롭잖아. 가시로 인해서 사랑하는 사람에게 더 가까이 있기가 어렵잖아."

"보라색 장미야. 우리 예쁜 생각을 하자. 우리는 함께 있는 것만으로도 감사하고 행복한 일이야. 그까짓 가시로 인해서 슬퍼하지 마. 네가 울면 가시에 찔리는 것보다 비교할 수 없이 아파."

달성이 잠에서 깨어나면 기뻐할 줄 알았던 보라색 장미였다. 그러나 자신의 변해버린 모습에 한탄하며 슬픔에 잠겨버린 보라색 장미였다. 달성을 위해 울다가 자신의 모습에 울어버리는 보라색 장미에게 달성은 겨우 일어나 하늘색 유리병을 잡고 가슴에 꼭 안아주었다. 그리고 보라색 장미를 위해 말했다.

"이것 봐. 나 어때 보여?"

"멋있어."

"아니, 그게 아니라… 내가 아파 보여?"

"아니."

"우린 안전한 거야."

"응."

화상으로 발을 다쳤던 동물들이 예전의 마당을 되찾은 걸 보고 조심스럽게 움직였다. 다친 발 때문에 아직 모래알들이 익숙지 않아 시원한 잔디밭으로 이동했다. 그리고 마을 주민은 짙은 검은색 길을 마저 정리했다. 마을 주민이 할 일을 마치자 앞으로의 미래에 대해 예측하지 못했다. 마을 주민이 어리둥절하며 서로에게 물었다.

"우리 이제 뭐 해야 하지?!"

"앞으로 어떻게 살아나가야 할까?!"

아직 하늘에 대해 무지한 마을 주민이 더는 사람의 일로 할 수 있는 일이 없으니 마음에 공허함이 가득했다. 마을 주민이 할 일을 마치고 다음 일을 생각하다가 잠시 휴식을 마치고자 달성과 보라색 장미가 있는 곳으로 왔다. 달성이 일어나 하늘색 유리병을 꼭 안으며 서로 이야기 나누는 것을 목격한 마을 주민들이 감탄을 숨기지 못했다.

"어머. 아름다워라."

그 소리에 깜짝 놀란 달성이 어깨를 위로 들썩였다. 그리고 겨우 서서 마을 주민들에게 인사를 드렸다.

"안녕하세요. 달성이라고 불립니다."

"네. 보라색 장미가 그렇게나 많이 불러줘서 저희 다 알아요."

"네. 제가 보라색 장미 덕분에 유명해졌네요."

그러자 보라색 장미는 쑥스러워졌다. 달성은 보라색 장미가 붉어지는 그 감정을 싫어하지 않았다. 그리고 마을 주민이 달성이 일어나면 하고 싶은 말이 많았지만, 먼저 달성의 건강을 챙겨주었다. 마을 주민은 달성의 쾌유를 위해 몸에 좋은 차와 죽, 전을 준비했다. 달성이 먹을 힘이 부족했지만, 마을 주민의 성의를 위해서 기운을 차리고 한 숟가락을 떠먹었다.

'오. 엄청 맛있다.'

달성이 한 숟가락 뜨는 것이 어려웠지만, 그다음은 허겁지겁 먹기 바빴다. 모든 음식을 다 먹은 달성이 그제야 고개를 들어보니 마을 주민의 반짝이는 눈동자가 조용히 기다리고 있었다. 달성이 살짝 부담스러워하자 마을 주민이 그 어색한 분위기를 깨고자 먼저 말을 건넸다.

"달성과 보라색 장미 덕분에 저희가 기억을 되찾았어요."

그리고 달성은 직감했다.

'여기 마을 주민들은 지금 공허해. 기억을 되찾았지만 잠시의 기쁨일 뿐이야. 언제 또다시 이 맑은 하늘을 잊고 살지 몰라. 하늘에 관한 이야기를 나눠주고 떠나는 게 좋겠어. 이것이 이웃사랑이야.'

"네. 예전 일은 생각하지 마세요. 앞으로의 일도 너무 멀리 계획하실 필요 없습니다. 마을 주민분들께서 지금, 이렇게 깨달은 것으로 실천하고 사는 것이 중요합니다."

달성의 말에 마을 주민들은 마음의 공허함에 대한 고민을 물어봤다.

"저희에게 너무 어려운 말이에요. 한 치의 앞도 모르겠습니다. 저희가 깨달은 걸 다 실천한 것 같은데, 앞으로 어떻게 살아내어야 하는 건지…."

달성이 어디서부터 어떻게 하늘에 관한 이야기를 시작해야 하는지 당황해하자 보라색 장미가 도왔다.

"달성아, 하늘 이야기를 들려주자."

"아! 그래. 그게 좋겠어."

보라색 장미가 아니잖아!

기운을 차린 달성이 힘찬 목소리로 이 작은 마을의 주민을 위해서 하늘 이야기를 알리기로 했다. 그 소식에 마을 주민이 푸른 잔디밭에 나와 앉았다. 여름의 따뜻한 바람을 느끼자 땅의 동물과 하늘의 날아다니는 새들도 모여들기 시작했다. 달성이 미소를 보이자 보라색 장미는 한 음으로 노래를 불렀다. 달성은 하늘 이야기를 시작했다.

"하늘은 죄를 짓는 사람을 용서하기 위해서 제일 큰 빛을 땅 아래로 보내 주셨어요. 땅으로 보내진 그 빛은 스스로 세상에서 제일 작은 빛이 되었어요. 사람들이 사는 세상을 많은 말보다 눈을 통하여 깨닫는 삶을 살 수 있도록 하셨어요. 작은 빛은 추운 곳이든, 어두운 곳이든! 매일 사랑을 가르쳐 주셨어요. 어떻게 가르쳐 주셨을까요?"

마을 주민은 고개를 기울이며 궁금해했다. 달성이 바로 이어 말했다.

"작은 빛은 말씀하셨어요. 이 말씀은 우리가 실천해야 얻는 것이었어요. 바로 기뻐하고 감사하며 사는 것이었어요. 그런데 사람들은 작은 빛의 말씀을 잘 듣고 살았을까요?"

"아니요… 죄를 지었을 것 같아요."

달성은 슬픈 눈동자를 지으며 그 사람을 바라보았다. 그리고 이어서 말했다.

"네. 작은 빛을 해치는 죄를 지었어요. 그런데 그 사람이 작은 빛의 기도를 듣고 후회를 했어요."

'하늘이여. 제 사랑하는 사람을 용서하소서.'

"사람은 작은 빛의 기도를 듣고 그제야 우릴 위해 이곳에 오신 걸 깨달았어요. 그리고 사랑과 용서를 배웠어요."

달성이 보라색 장미를 바라보았다. 보라색 장미는 달성의 의미를 파악하고 한 음으로 불렀던 노래를 멈춰 쉬기 시작했다. 달성이 말했다.

"마을 주민분들, 그러면 우리가 어떻게 살아가면 될까요?"

"기뻐하며 감사하는 삶을 살아야 한다는 거죠!"

"그리고 또 중요한 건 용서하고 사랑하는 삶을 깨달았어요."

마을 주민은 달성이 해준 이야기를 잊지 않기 위해서 간직하는 방법을 생각했다. 그러다 마을 주민 중 똘똘한 한 아이가 좋은 생각을 내세웠다.

"아버지, 제가 달성이 형의 이야기를 귀담아들었어요. 그리고 한 편의 시를 만들었어요. 제가 쓴 이 시를 옆집 형이 악기로 연주해서 노래를 만들어 주었으면 해요."

"그래. 그렇게 하자꾸나. 대견하구나."

아버지께서 하신 칭찬을 너무 오랜만에 들은 그 아이는 신이 났다. 옆집에 연주를 부탁했고 그 노래는 그 작은 마을의 노동요가 되었다. 그 마을은 하늘에서 비가 내리면 감사의 기도를 드리고, 따뜻한 햇볕에 감사의 기도, 저녁에는 예쁜 밤 하늘에게 감사의 기도를 드렸다. 하늘도 그 마을을 되찾음에 기뻐했다.

작은 마을의 주민은 노동요를 부르며 땅을 비옥하게 만들었고 점점 이웃이 늘어남과 동시에 작았던 노랫소리는 큰 목소리로 함께 부르는 마을이 되었다. 그리고 자유로워진 동물들이 그 노래에 맞춰 감사의 춤을 췄다. 달성은 생각했다.

'나의 고난과 역경이 내게 달고 큰 보람이 되는구나.'

보라색 장미는 생각했다.

'나의 약함이 아름다움을 보며 강함이 될 때 행복하구나.'

달성은 보라색 장미가 심어진 하늘색 유리병을 꼭 안고 마을 주민에게 큰 목소리로 말했다.

"저희! 이제 가보겠습니다."

달성의 마지막 인사를 직감했던 마을 주민이 지금껏 손수 만들었던 새 운동화를 꺼내며 선물로 건넸다. 마을 주민이 말했다.

"달성, 발 크기가 265cm이더군요. 다시 돌아가시는 길이 멀다고 들었어요. 이렇게 다 해진 운동화로 이 언덕을 넘어 사막을 지나가기엔 힘들 거예요."

달성이 새 운동화를 받으며 감사의 인사를 전했다.

"감사합니다. 저에게 정말 큰 힘이 되는 선물이에요."

하늘색 유리병을 조심히 바닥에 내려놓고 마을 주민 앞에서 선물 받은 새 운동화를 신었다. 달성은 기분이 좋은 걸 온몸으로 표현했다. 하늘은 이슬비를 내려주어 새로운 시작을 달콤하게 했다. 달성은 그 이슬비가 시원했고, 목말랐던 보라색 장미는 생명과도 같았다. 달성이 이슬비에 젖은 새 운동화와 옷을 입고 힘차게 말했다.

"저희! 이제는 진짜 가보겠습니다. 젖은 운동화와 옷이 마르기 전에 사막을 다 지나갔으면 좋겠어요. 보라색 장미도 물이 없으면 안 되니까요!"

마을 주민들이 대답했다.

"보고 싶을 거예요. 달성과 보라색 장미는 저희와 짧은 순간이었지만, 저희의 인생에 잊지 못할 소중한 인연이었어요."

그러곤 달성과 보라색 장미를 향해 두 팔 벌려 크게 마지막 인사를 했다. 달성의 집은 북쪽에 있는데, 지금 보라색 장미와의 위치는 남쪽이다. 달성이 북쪽으로 가는 언덕을 지나가려던 참이었다. 그때, 하늘색 유리병에 이슬비가 다 스며들자 보라색 장미의 꽃봉오리가 피어났다. 달성이 보라색 장미를 보고 깜짝 놀랐다.

'꽃봉오리 속 안에, 보… 보라색 장미가 아니잖아!'

"달성아?! 왜 그래? 나 갑자기 무서워."

"어?! 내가 놀래켜서 미안해. 저…."

그리고 달성은 고민했다.

'이제 어떻게 해야 하는 거야! 보라색 장미가 아니잖아. 내가 어떻게 불러줘야 하는 거야. 그리고 곧 있으면 피어오르겠어.'

달성은 진정하고 침착하게 다시 말했다.

"보라색 장미야, 내가 놀래켜서 미안해. 보라색 장미가 내 옆에서 또 성장한 걸 알고 있니?"

"정말?! 내가! 내가 어떻게 성장했어? 날 보고 내가 어떻게 성장했는지 자세히 알려 줘!"

"어?! 예뻐."

"달성아…. 나 너무 기뻐! 내가 네가 말한 것처럼 보라색 장미꽃을 피워낸 거야?"

달성의 마음은 보라색 장미가 해맑을 때 순수하게 기쁘지만은 않다는 걸 느꼈다. 한쪽 가슴이 아파져 오는 걸 알지만 달성은 보라색 장미가 자기 마음을 몰라주길 바랐다. 달성은 보라색 장미의 꽃봉오리를 보고 보라색 장미가 아니라는 사실에 내심 좋으면서도 실망했다. 달성은 보라색 장미를 향해 솔직하게 사실을 말해주기로 했다.

"보라색 장미야, 네가 어떻게 성장했는지 내가 설명해 줄게. 아직 꽃을 피우지는 않았어. 그런데 참 예쁜 꽃봉오리가 올라왔어. 이 꽃봉오리에서 네가 어떤 색깔의 꽃잎을 피워냈는지 알려줄게. 그리고 네가 꽃잎을 피워내서 향을 낼 때, 얼마나 아름다운 향인지도 가르쳐 줄게."

"그래서! 그래서 말이야. 달성아, 나 예뻐?!"

"에헴. 엄청 사랑스럽고… 예쁘지!"

"정말?! 나도 알아."

자존감이 높은 보라색 장미의 대답에 달성은 함박웃음을 지었다. 보라색 장미는 자신을 향해 웃어주는 달성이 참 멋있게 다가왔다.

'달성아, 너 그거 알아? 네 호탕한 웃음은 나를 행복하게 해줘.'

노을이 피기 전이었다. 달성은 이제 사막이 보이기 시작했다. 사막을 앞두고 달성은 생각했다.

'이 사막이 황량한 것 같이 내 마음도 쓸쓸하고 무섭구나….'

달성은 보라색 장미와 사막의 경계선을 알리는 나무 그늘에 앉아 잠시 몸을 쉬었다.

"보라색 장미야, 이른 새벽이 되면 다시 떠나자."

"응. 달성아, 사막을 바라보니까 나 무서워."

"보라색 장미야 사실 나도… 무서워. 사막은 모래바람 때문에 길이 잘 보이지 않고, 쉬지 않고 걸어가야만 해. 심지어 동식물과 물도 찾기 어려워. 그래도 우리는 혼자가 아니니까 두려워하지 말자. 저녁이 되면 하늘에서 달님이 밝게 길을 비춰주실 거야."

"응! 달성아, 나는 길을 잘 몰라도 너만 믿고 가는걸. 너를 위해 할 수 있는 내 기도가 하늘에게 닿길 소망해."

점점 노을이 피어오르니, 나무 그늘에 한참을 말없이 여름의 바람을 느끼다 달성이 일어나며 말했다.

"이제 사막을 지나갈 준비를 하자!"

"달성아, 어떻게?!"

"목을 축일 수 있는 열매를 채집할 거야. 그거면 돼!"

그 말이 끝나자마자 달성은 손수건에 조금이나마 목을 축일 수 있는 열매를 가득 담기 시작했다. 보라색 장미도 달성이 잘 찾을 수 있도록 협력했다.

"달성아! 이건 채집하면 안 돼! 달성아! 이건 좋은 열매야! 달성아! 이게 도움이 될 거야!"

하마터면 위험할 뻔했던 열매 채집에 보라색 장미가 도와줘서 쉽게 움직일 수 있었다. 손수건에 열매가 가득 차고 넘치니 달성은 마음에 여유를 가졌다. 마침 노을이 지는 걸 바라보며 잠을 청할 달성이 보라색 장미에게 부탁했다.

"보라색 장미야, 오늘도 내가 잠이 잘 올 수 있도록 밤하늘의 별을 하나씩 세어주겠니?"

"달성아… 너는 나를 위해 이 잔디밭의 뿌리를 하나씩 다 세어주겠니?"

"에헴, 장난치기 어렵네."

"달성아, 나는 진지해."

"내가 미안해. 우리 그냥 밤하늘에 별똥별 떨어지나 별빛 구경하다가 자자."

"달성아. 그게 좋겠어."

달성은 보라색 장미와 이야기 나누며 마음에 위안을 얻었다. 이른 새벽에 사막을 나가기는 달성도 막막한 여정이었기 때문이다. 밤하늘의 별똥별이 떨어지기를 기다리는 보라색 장미를 빤히 바라보는 달성은 내일의 염려를 내려놓았다.

"달성아! 저기! 나 소원 빈다!"

너 내 여자 해!

보라색 장미가 별똥별이 떨어지는 걸 목격했다. 그리고 바로 소원을 빌었다. 보라색 장미의 소원은 현재 상황과 처지에서 안전하게 해달라는 소망이었다.

"내일부터 이른 새벽에 저희가 사막을 지나갑니다. 하늘이 앞이 보이지 않는 저희의 상황에 함께해 주세요. 막막한 현실에도 지혜를 주세요. 그래서 걸어가는 이 길의 어려움에도 강하게 이겨내는 힘을 주세요."

보라색 장미는 별똥별을 보고, 작은 목소리로 소원을 빌었다. 달성은 가까이 있는 그 목소리를 귀담아들었다. 달성은 보라색 장미가 기도하는 모습을 보고 반해버렸다. 그리고 달성은 생각했다.

'기도하는 거… 쉽지 않더라…. 보라색 장미는 하늘을 참 많이 사랑하는구나. 하늘이 보라색 장미를 많이 사랑하듯이. 어떠한 상황

속에도 기도할 수 있는 너의 능력은 내가 배워야 할 점이야. 보라색 장미, 너 내 여자 해!'

"그래! 이거야"

보라색 장미의 소원이 끝나고 달성은 큰 목소리로 말했다. 이에 보라색 장미는 달성을 바라보았다.

"달성아?! 뭐가 이거야?"

"어?! 아니야."

"달성아, 알려줘~!"

"아직, 네가 꽃잎을 피워낼 때! 말해줄게."

"나 빨리 성장하고 싶어! 내가 꽃잎을 피우고 다 성장하면 네 옆에 오래 있을 수 있는 거야? 언제까지나~?!"

달성은 보라색 장미의 질문에 그만 슬퍼서 눈물이 고였다. 달성은 생각했다. 달성은 계속 가슴이 아파져 오는 마음을 겨우 부여잡으며 큰 소리로 울지도 못하고 화를 내었다.

"너는… 너는, 나에게 겨우 한 날의 꽃일 뿐이야!!!"

"달성아, 왜 그래… 내가 미안해. 달성아, 달성아…."

"아니야, 보라색 장미야. 네 잘못이 아닌걸. 네가 건강하게 꽃잎을 피우면… 나는, 나는 계속 네 옆에서 있으니까…. 너는 그냥 내 옆에서 성장하면 돼. 그게 다야."

'달성아…. 계속 울고 있구나. 이 사람….'

"보라색 장미야, 세상에 슬픈 하늘도 있나 봐."

"아! 왜 이렇게 내가 아픈 거야. 달성아, 나 너무 아파."

눈을 감고 한동안 속으로 울고 있던 달성이 보라색 장미의 고통이

서린 목소리에 눈을 떴다. 달성은 보라색 장미를 바라보았다. 그리고 큰 소리로 울어버렸다.

"너는, 너는 보라색 장미가 아니잖아! 나는 보라색 장미가 그리워서, 너무나도 그리워… 나보고 어떻게 하라고 너는 나를 떠나간 거야! 이렇게 예쁜 분홍색 장미꽃을 선물하고 어디로 간 거야. 네가 보고 싶어."

달성은 보라색 장미가 꽃잎을 피워내면 이렇게 말해주려고 했다. [너 내 여자 해!] 그러나 달성의 진심이 먼저 나와버렸다. 보라색 장미도 달성이 하는 말에 하염없이 울어버렸다.

"내가 너에게 기쁨이 되는 꽃이 되고 싶었는데, 너에게 내 꽃잎을 보여줘서 미안해."

'보라색 장미야, 미안해….'

고백을 전하기로 했던 달성이 눈물을 진정할 때, 보라색 장미가 목소리를 높여 말했다.

"나는 분홍색 장미꽃이 제일 싫어!!"

"네가 아픔을 견디며 꽃을 피웠는데, 내가 네 마음마저 아프게 해서 미안해. 넌 참 아름다운 향을 지니고 있어. 그래서 그 향을 잃지 않아 줘서 고마워. 다행이야. 네 장미꽃 향."

"나는 왜 보라색 장미꽃이 아닐까…. 내 향을 잃어도 괜찮으니 보라색 장미꽃이면 좋겠어."

"보라색 장미야, 나 때문에 자신을 사랑하는 방법을 잃지 마. 네 꽃잎은 아주 예쁜 분홍색이야. 비록 색깔이 다르지만 내가 네 이름을 많이 불러줄게. 그리고 내가 사랑하는 꽃이 되어줄래?"

"달성아, 나 때문에 슬퍼하지 말아줘. 우리 그냥 친구로 지내자."

달성은 보라색 장미의 말에 또다시 예전 일이 떠올랐다.

'내가 다시는 널 잃지 않기로 했어. 널 두 번은 잃지 않을 거야. 내가 지켜줄게. 또다시 망설이지 말고 내게 다가와. 내 마음을 확신시켜 줄게.'

"보라색 장미야. 널 사랑하고 있어. 내 눈물에 흔들리지 마. 분명히 말했어. 널 사랑해."

"하지만… 난,"

"널 사랑해."

"나도 널 사랑해."

"그럼 되었지. 보라색 장미야, 우리의 마음을 더는 숨기지 말자."

"세상에 수많은 남자가 있어도 나한텐 너뿐이야."

"세상에 수천 송이 꽃이 피어도 내겐 너 한 송이뿐이야."

그동안 달의 움직임이 얼마나 빠르게 움직였는지 벌써 이른 새벽이 되었다.

"달성아, 어떻게 해? 나는 네가 지칠까 봐 걱정돼. 사막을 가기 전에 여름을 조금 더 즐기고 싶어."

"그래. 그러자. 보라색 장미가 좋아하는 그 여름! 여름의 매력을 알려줄게. 그 전에 우리가 함께 보냈던 봄은 어땠어?"

"음… 내게 봄이 너무 짧았어."

"왜?"

"추억은 많은데, 달성이 쓰러져서 주로 방에 많이 있었지!"

"아…."

"그런데 괜찮아!"

"보라색 장미야, 날 기다려 줘서 미안하고 고마워."

달성은 생각했다.

'오늘이 아마 마지막 여름이 될 것 같구나. 보라색 장미의 올해 여름도 짧겠어. 그래도 짧은 시간 동안 여름의 장점을 아주 많이 보여줘야겠어.'

보라색 장미는 분위기를 밝게 바꾸고자 호기심 가득한 마음으로 세상을 바라보았다.

"달성아 참 신기해. 한 발자국만 나아가면 모래알만 가득한 사막인데, 우리 지금 서 있는 이곳은 참 아름답지 않니?"

"어여차! 내가 널 꼭 붙잡고 있으니 내가 가는 발걸음에 보여주는 세상을 잘 담아봐."

보라색 장미는 달성의 짧고 굵은 말 한마디가 멋있게 다가왔다.

"어쩜. 좋아."

"보라색 장미, 네가 좋아하면 나는 왜 이렇게 웃게 되는 걸까?"

"너 그거 알아? 나는 네가 웃는 게 좋아. 네 웃음은 내 기쁨이거든!"

"그래?! 그럼 보라색 장미가 나를 위해 많이 웃겨줬으면!"

"달성아, 네가 날 아끼고 사랑해 주면 내가 네게 기쁨이 되는 거야."

"알겠어. 보라색 장미야! 저거 봐봐."

"세상에. 참 예쁘다. 이 꽃 이름이 뭐야?"

달성은 큰 나무를 가리켰는데, 보라색 장미는 그 나무 아래 고개를 숙이고 있는 민들레꽃을 처음 보고 좋아했다. 트라우마가 생긴 달성은 눈을 가리며 말했다.

“몰라도 돼.”

달성의 겁먹은 목소리에 보라색 장미는 당황했지만 빠른 임기응변을 통해 다른 곳에 시선을 둘 수 있도록 했다.

“달성아 고개를 들어 하늘을 바라봐!”

“응. 비행기잖아. 그리고 무지개까지….”

달성은 다시 뒤를 돌아보며 높은 하늘에 피어난 무지개를 보고 안정을 찾았다. 달성이 옛날에 비행기를 타고 창문 너머 보았던 무지개를 떠올렸다.

‘그때의 보라색 장미야, 무지개 사진을 보고 그렇게까지 울 일이었니…. 너에게 아무런 이유조차 물어보지도 못한 채 떠나갔구나.’

“달성아! 무지개 참 예쁘다. 너랑 같이 보니까 참 행복해.”

달성은 생각했다.

‘그래. 너랑 다시 보면 행복할 줄 알았던 나야. 근데, 한편으로 내 마음이 아려오기도 하는구나. 그래도 지금 내 옆에 있는 보라색 장미를 다시 울리게 할 순 없어.’

“보라색 장미야, 무지개 참 크고도 예쁘게 피어났다. 무지개에는 어떤 의미가 담겨 있는지 알고 있니?”

“그날, 저녁에 해준 하늘 이야기에서 내가 잘 기억하고 있었지! 하늘이 우리를 보호해 준다는 약속이잖아!”

“응. 앞으로 우리를 지켜주고 위기 속에서 구해주신다는 약속이지. 우리가 사막을 지나가기에 앞서 오늘 큰 무지개를 볼 수 있음에 참 감사하다.”

“나도! 태어나서 처음으로 보는 무지개를 여름에 보다니. 나는 여름을 좋아하기로 했어! 달성은 어떤 계절을 좋아해?"

"나는 여름이 지나간 가을이 제일 좋아."

"그렇구나."

보라색 장미는 여름이 가장 좋다고 말했는데, 달성이 너무 솔직하게 다른 계절을 말하니 내심 서운했다. 하지만 그 서운한 마음을 숨기고 이유를 물어봤다.

"달성은 왜 가을이 좋아?"

"보라색 장미가 아직 못 본 계절이잖아. 그리고 가을 다음에 또 다른 계절이 있어. 궁금하지 않아?"

"응! 계절이 몇 개나 되는 거야? 우리가 오래 있을 수 있도록 많았으면 좋겠어."

"보라색 장미야. 계절은 봄, 여름, 가을, 겨울이 있어. 총 4계절이 있는데, 우리는 벌써 봄을 보내고 지금은 여름이야."

"달성아, 시간이 이렇게 빨리 흘러가면 어떻게 해? 나는 여름에 머물고 싶어. 내가 이렇게 활짝 피어오르고 있는 이 계절이 좋아."

"보라색 장미야, 4계절은 하늘이 주신 선물이야. 우리가 지나가고 있는 이 시간을 앞으로 후회 없이 보내며 살아가면 되는 거야."

'네가 아름답게 꽃을 피워내기 위해 기대하고 준비했을 텐데…. 내가 축하해 주지 못하고 잊지 못할 눈물을 선물해 줘서 미안해.'

달성이 슬픔에 치우치지 않고 다시 힘을 내자 눈물에 잠겨 있던 보라색 장미도 기운을 내기 시작했다.

"응! 네가 다시 힘을 내줘서 감사해. 우리가 가는 이 길에 힘을 내자."

"그래야지!"

사막의 꽃

이제는 사막을 건너가야만 했다. 시작이 무서웠던 마음이 변하자 전진하는 발걸음이 용기로 가득 찼다. 그러나 한여름날, 강하게 내리쬐는 햇볕에 달성의 입은 금방 말랐고, 보라색 장미 또한 물 한 방울이 귀했다. 달성과 보라색 장미는 정신이 희미해져 갔다. 달성은 잃어가는 정신을 부여잡고 손수건에 모아둔 열매를 꺼냈다. 달성은 자신을 잃으면 보라색 장미도 위험할 수 있다는 사실에 먼저 사랑하는 보라색 장미를 챙겼다.

'보라색 장미가 시들면 안 돼.'

그 생각만으로 정신을 붙잡았다. 그리고 손수건에 모은 열매의 진물을 짜내었다. 보라색 장미는 영양분을 흡수했고 달성은 바로 열매를 섭취했다. 달성은 생각했다.

'정말 아껴 먹어야 했는데, 이를 어쩐담.'

다시 돌아가기에는 멀리 와버렸고 끝이 보이지 않는 현재 모든 상황에 눈물을 흘리는 것조차 아까웠다. 보라색 장미는 영양분을 흡수하자마자 바로 하늘에게 의지했다. 하늘에게 솔직하게 처한 상황을 자세히 고백했다.

"저희가 사막 가운데에서 쓰러질까 두렵습니다. 아무것도 할 수 없는 저희를 살펴주세요."

하늘은 달성이 가는 길에 선인장이 풍부한 오아시스를 찾게 해주었다.

"달성아!"

"그래. 저기!"

달성은 너무 지쳐 오아시스를 보고도 빨리 갈 수 없었다. 정말 겨우 도착한 오아시스에 물을 허겁지겁 마시고 나서 열매가 담긴 손수건을 충분히 적셨다. 정신을 바짝 차리고 나니 옆에 있던 보라색 장미가 생각났다. 두 손을 가지런히 펴서 하늘색 유리병에 한 줌, 한 줌 적셔주었다. 보라색 장미가 개운한 목소리로 달성에게 말했다.

"달성아 세수도 한번 하고 발도 깨끗이 씻자. 그리고 네 옷과 신발도 충분히 적시는 게 좋겠어."

"아! 그러자."

보라색 장미의 말을 듣고 바로 실천에 옮기는데, 달성의 마음 한 구석에 두려움이 몰려왔다.

'보라색 장미야, 다시 한번 정신을 잃을까 나 사실 무서워. 내가 너를 또다시 잃을까 봐.'

그런 달성의 마음을 알고는 있는지, 보라색 장미는 하늘에게 감사의 기도를 드렸다. 달성은 오아시스를 떠나야 하는 발걸음이 무서워 망설였다. 잠시 쉬기로 한 달성과 보라색 장미는 오아시스 주변에 풍부하게 자라고 있는 선인장을 바라보고 있었다.

"달성아, 나와 같이 가시가 있어. 이 식물은 사막에서 보니까 참 귀하고 예쁘기도 하구나."

"응! 나도 너와 같은 시선으로 바라보고 있었어. 사막의 꽃인데, 선인장이라고 불려."

"아! 내가 장미꽃인 것처럼!"

"응!"

그렇게 오늘 하루를 마무리하려던 참에 가까이 오아시스로 다가오는 낙타 두 마리가 보였다. 달성과 보라색 장미는 너무나도 반가웠다.

"세상에! 낙타잖아!!"

그런데 낙타의 등에 사람이 올라타 있었고, 사람의 옆구리에는 날이 선 칼자루가 들려 있었다.

"보라색 장미야, 잠시만…. 쉿!"

달성은 예감이 좋지 않았고 보라색 장미가 심어진 하늘색 유리병을 자기 품에 꼭 안았다. 그리고 숨었다. 보라색 장미도 달성이 느낀 위험성을 알아챘다.

'안전해야 해. 오아시스에서 바로 떠나야만 했던 거였을까?'

달성은 숨어서 긴장되는 마음을 숨기고 그들이 하는 행동을 지켜봤다. 그런데 그들은 오아시스에 와서 물 한 모금도 마시지 않았다. 그저 오아시스 주변에 건강하게 성장해 낸 선인장의 가시들을 아주

힘차게 베어내고 있었다.

'이게…. 이게 뭐하는 짓이야. 사막의 꽃을 더는 해치지 말아줘. 이유가 뭐야. 무엇을 위해 이 먼 땅까지 와서 겨우 피어난 선인장을 훼손하는 거야.'

날이 선 칼을 들고 있는 덩치 큰 두 사람을 대적할 힘이 부족한 달성은 눈물을 훔쳤다. 그런데 달성이 일어나 움직이기 시작했다. 낙타를 끌고 온 두 사람이 선인장의 가시만 벨 줄 알았는데, 선인장을 잘게 베기 시작했기 때문이다. 보라색 장미는 달성이 움직이자 잔뜩 긴장하기 시작했다.

'달성이 지혜롭게 대처해야 할 텐데.'

달성의 발소리에 낙타를 끌고 온 두 사람은 화들짝 놀랐다.

"아니, 이런 사막에 우리 말고 또 다른 사람이 있었네!"

"안녕하세요. 사막 가운데, 그것도 오아시스에서 당신들을 처음 만나 뵙습니다."

정중한 달성의 인사에 두 사람은 쭈뼛거렸다. 달성이 다시 말을 건넸다.

"이렇게 만나게 된 것도 우연이라고 생각이 듭니다. 그래서 말인데, 지구에서 가장 척박한 환경에서 성장하는 생명이 무엇인지 아시나요?"

"저희는 가장 척박한 환경이 어디인지도 잘 모르는데요."

"우리가 밟고 있는 이 땅. 사막이 지구에서 가장 척박한 환경입니다. 그런데도 사막에서 나무로 자라고 있는 아주 귀한 선인장을 왜 훼손하시는지 알 수 있을까요?"

"저희가 이 먼 땅까지 와서 별 볼 일 없는 선인장을 왜 훼손하냐고요?"

"네."

"저희가 뭐 좋아서 하는 일이겠습니까? 다 먹고살자고 하는 일이죠. 그러니까! 돈 벌려고 하는 거예요."

"별 볼 일 없는 선인장이 사람에게 어떤 가치를 주기 때문입니까?"

"선인장의 가치가 뭐가 중요해요. 지금 우리 가족이 당장 먹고살아야 하는데!"

달성과 보라색 장미는 현실적인 대답에 수긍했지만, 사람이 사는 방법이 지금 옳지 않다는 걸 깨달아야 한다고 생각했다.

"그렇죠. 지금 눈앞의 선인장은 현재로서는 별 볼 일 없는 사막 한가운데의 나무일 뿐입니다. 이 나무가 당신들의 돈벌이가 되고 식구를 먹여 살릴 수 있기 때문이겠죠. 그러나 당신들의 자녀가 밟게 될 땅이 미래에 이 사막과 같고! 당신들의 자녀가 그 사막의 선인장처럼 자랄 수도 있다는 사실 아십니까?"

달성의 말을 도무지 쉽게 이해하기 어려운 두 사람이었다.

"저희는 한 치 앞의 미래도 보지 못해요. 하루하루가 먹고살기 바쁘단 말이에요."

"네. 단도직입적으로 말씀드릴게요. 당신들의 체구는 한눈에 봐도 듬직하고 강한 체력을 지니고 있음을 알 수 있어요. 지구를 위해 일해주세요. 우리가 지금 왜 이렇게 힘들게 살고 있겠습니까? 어린 날을 회상해 보세요. 아름다운 자연 속에서 뛰어놀았던 저희와 다르게 미래의 아이들이 더욱이 척박한 땅에서 자라야 하겠습니까?"

"우리가 이 선인장을 벤다고 해서 지구가 크게 달라지겠어요?"
달성이 두 사람에게 대답했다.
"감기도 오래 두면 병이 되듯이 작은 실천부터 시작하면 보란 듯이 변화가 이루어집니다. 왜 이 일을 시작하게 되었어요?"
두 사람은 깊이 생각해 보았다. 자아 성찰에 무지했던 고개가 깨달음으로 채워지니 무거웠던 머리가 땅을 향했다. 두 사람 중 한 사람이 같이 온 친구를 향해 말했다.
"나도, 내 어릴 적이 그리워. 우리 이렇게 힘들지 않았어."
옆 사람이 말했다.
"우리 아이들을 먹이고자 시작한 일이 미래에 장성했을 때 더 힘들어지겠어."
두 사람의 말을 듣고 달성은 자신이 용기 낸 일에 스스로 잘했다고 생각했다. 달성이 두 사람을 향해 말했다.
"앞으로의 일을 막연하게 생각하지 말아요. 지금 당신들이 했던 일들을 반대로 해보세요. 사막의 꽃을 자유롭게 피울 수 있도록 해주세요. 그리고 돌아가서 나무를 심고 가꾸어 주세요. 한마디로 지구의 환경을 위해 일해주세요."
달성의 말에 무거워서 땅을 바라보았던 두 사람의 머리는 희망으로 인해 다시 고개를 들 수 있었다.
"네. 당신을 만난 건 저희에게 짧은 인연입니다. 저희가 당신을 위해 가는 길을 안내하고 싶습니다. 이름이 뭐라고 하셨죠?"
"아! 저는 달성이라고 하고요. 제가 꼭 안고 있는 이 꽃은 보라색 장미예요."

두 사람은 달성의 소개로 인해 인제야 바라본 보라색 장미를 보고 말했다.

“이 꽃은 분홍색 장미꽃이 아닙니까?”

보라색 장미는 두 사람의 말에 부끄러워졌다. 부끄러움에 연해지는 색깔을 눈치챈 달성이 두 사람 앞에서 당당하게 말했다.

“제가 많이 사랑해서 보라색 장미라고 불러요.”

이번엔 붉어지는 꽃잎에 달성은 내심 좋았다.

‘보라색 장미야, 너 쑥스러워하는 거 다 들켰어.’

자꾸만 잎사귀를 살랑대는 보라색 장미를 보고 달성이 말했다.

“아. 바람 한 점 안 부는 이 황량한 사막 속에서 보라색 장미는 왜 이렇게 살랑일까?”

“이거 왜 이래. 달성아, 나 쑥스러워서 그런 거 아니거든!”

기쁜 소식과 슬픈 소식

"달성…. 언제 사막을 떠날 겁니까?"

"아! 저희가 앞으로 사막을 지나가는 길이 상당히 멉니까?"

"지금부터 낙타의 발걸음으로 걸어가면 30분이면 됩니다."

"아! 꽤 멀지 않네요."

"네. 그리고 싣고 갈 짐이 없어서요. 저희 3명이 함께 번갈아 타며 갑시다."

사막의 오아시스를 떠나기 전, 보라색 장미와 3명은 낙타에게 감사의 표현을 했다.

"우리를 위해 수고해 줘서 그동안 고마웠어. 앞으로는 너희를 위한 환경을 위해서 살게."

낙타 두 마리는 겨우 두 사람의 깨달음에 기쁨의 눈물을 흘렸다. 그리고 억지로 태웠던 그 수고를 눈감아 주고 진정으로 사람을 위해

등을 내주었다.

“고마워.”

낙타 두 마리…. 뜨거운 사막의 모래알 땅. 무거운 짐을 지고 걸어가는 발소리…. 그 소리를 들었다. 그리고 사막을 지나가는 그 30분 동안 모두 말이 없었다. 가는 길을 낙타 두 마리에게 맡겼고, 낙타를 몰고 왔던 두 사람이 지난날을 회상했다.

‘아…. 우리는 지금껏 무엇을 위해 진정 살아왔던가. 이렇게 황량한 사막이 우리의 마음과도 같구나. 앞으로는 옳고 그름을 잘 판단해서 자연을 보전하며 살도록 노력해야지.’

예전에는 두 사람에게 30분을 가는 길도 멀게만 느껴졌다. 그러나 오늘은 깊은 생각에 잠기다 보니 사막을 금방 지나오게 되었다. 달성의 집으로 향하는 길이 좀 더 가까워졌다. 달성은 도착하자마자 손수건에 남겨 두었던 열매를 낙타 두 마리에게 선물했다.

“진심으로 고마워. 그 무서웠던 사막에서 너희들 덕분에 안전할 수 있었어.”

낙타 두 마리는 달성의 마음을 읽고 시들시들 맛이 없어 보이는 열매를 아주 달고 맛있게 먹었다. 낙타를 이끌고 온 두 사람은 해줄 수 있는 것이 없었다. 그렇지만 낙타 두 마리 앞에서 자신들의 옆구리에 지니고 있었던 칼자루를 보란 듯이 땅바닥에 버렸다. 그 칼자루는 사막의 모래바람이 지나가며 땅속으로 묻었다. 그리고 낙타 두 마리를 다시 사막으로 자유롭게 보내주었다. 그렇게 사막의 짧은 인연은 서로 헤어졌다.

달성은 보라색 장미가 심어진 하늘색 유리병을 가슴에 꼭 안았다.

달성과 보라색 장미는 은행나무를 발견했다. 그리고 달성이 생각했다.

'노란색 잎이네.'

"우와! 달성아, 나뭇잎들이 꼭 무지개 색깔 같아! 우리 사막을 지나오길 참 잘한 것 같아."

보라색 장미의 말에 달성이 생각했다.

'우리 이제 사막을 지나왔을 뿐인데, 올해도 여름 한번 제대로 못 보여주고 벌써 가을이 찾아왔구나.'

"응. 보라색 장미야, 내가 기쁜 소식과 슬픈 소식을 알려줄게."

"응! 기쁜 소식 먼저 듣고 싶어!"

"보라색 장미야, 불어오는 바람이 어떻게 느껴지니?"

"춥지도 않고, 시원해서 좋아."

"보라색 장미야, 지금 보이는 풍경은 어때?"

"내가 말해줬잖아! 나뭇잎들이 무지개와 같아. 엄청 아름다워."

"보라색 장미야, 내가 좋아하는 가을이야."

"달성아…. 가을?! 여름 다음에 오는 그 계절?!"

보라색 장미는 생각했다.

'달성이 좋아하는 계절의 소식을 듣는데, 나 왜 슬퍼지지. 슬픈 소식이구나.'

달성도 말하고 나서 생각했다.

'내가 좋아하는 계절이 슬픈 소식이 될 줄이야.'

보라색 장미는 긍정적으로 생각하며 말했다.

"달성아! 나는 겨울이 더 기대되는걸! 우리 앞으로 후회하지 않는 시간을 보내기로 했잖아. 여름을 짧게 보냈지만 아름다운 가을을 많이 보내자."

보라색 장미의 말은 달성에게 전혀 위로되지 않았다. 달성은 보라색 장미를 보고 화를 냈다.

"왜 이렇게 아는 게 없어! 정말 넌 한 날의 꽃일 뿐이구나. 1년이 지나가 버리면 날 다시 볼 수 있을 것 같아?! 봄이 짧았듯이 가을도 짧은 걸 알아. 겨울이 오면 넌… 넌…. 아니야…. 내가 화내서 정말 미안해. 봄에는 내가 아파서 미안해. 여름에는 사막을 보여줘서 미안해. 가을은 네 말처럼 봄, 여름보다 길게 보내보자."

보라색 장미도 숨겨왔던 슬픈 마음을 내보였다.

"네가 내 마음을 알아?! 내가 태어나 제일 먼저 마음의 문을 열어준 사람이 너야. 내 마음에 들어온 이는 더는 없었어. 너에게 지나가는 계절은 짧았겠지만, 4계절이 인생의 다인 나에겐 지금까지 모든 순간이 후회 없었어. 단지, 내가 널 사랑한다는 것이 이렇게 아픈 줄 몰랐어."

달성은 생각했다.

'내가 보라색으로 물들여지는 것만 같아. 사랑이 예쁘고 행복하지만은 않은가 봐.'

보라색 장미도 생각했다.

'나 왜 세상이 미워지기 시작하는 걸까?'

엉킨 마음의 실이 풀리지 않은 상태였다. 그러나 서로에 대한 미움의 감정이 더 성장하는 걸 원하지 않았다. 보라색 장미의 말에 달성 또한 상처를 받았지만 먼저 화를 낸 것에 마음이 약해졌다. 달성은 슬픔과 화가 섞여서 색다르게 붉어지는 보라색 장미의 모습을 조용히 바라보았다. 한동안 토라져 있던 보라색 장미의 열이 가라앉는 걸 확인한 달성이 대화를 시도했다.

"내가 널 많이 사랑해서 알 수 없는 화가 났었어."

달성은 그리고 아무런 말도 하지 않았다. 보라색 장미는 먼저 엉킨 마음의 실을 풀어주려는 달성의 마음에 고마웠다. 그리고 달성이 한 말을 깊이 생각해 봤다.

'네 마음…. 다 알겠어. 내 마음처럼 너도 슬펐지. 나에게 화내도 괜찮아. 너니까.'

보라색 장미도 달성에 용기를 내어 말했다.

"달성아, 내가 너에게 상처가 되는 말을 해서 미안해. 널 사랑해서 아프다는 말은 거짓말이야."

"보라색 장미야, 네가 무슨 말을 하려고 하는지 알아."

달성은 말을 하다가 보라색 장미를 보고 몰래 놀라버렸다. 달성은 보라색 장미의 잎사귀가 힘없이 살짝 처진 것을 봤다. 달성의 어깨도 같이 처졌다. 그리고 마음속으로 생각했다.

'보라색 장미야, 너 다 성장했어. 네가 성장할 때마다 아파했던 널 내가 알아. 조금씩 내년을 준비할 널 좀 더 소중히 생각하고 아껴줄게. 너의 모든 모습을 사랑할 거야.'

보라색 장미는 자기 모습이 변한 사실도 모르고 달성의 처진 어깨를 보고 오히려 기운을 냈다. 달성이 슬퍼하는 게 싫은 보라색 장미였다. 보라색 장미는 선선한 가을바람에 잎사귀를 맡기고 달성을 불렀다.

"달성아, 나 살랑대는 것 좀 봐봐."

그러자 달성의 눈에 눈물이 고이며 말했다.

"너무 예뻐서. 가을바람에 살랑대는 모습도 예쁘네."

이번에도 보라색 장미만 기분이 좋아졌다.

"정말?! 나도 알아."

달성은 자신을 위해 애써 힘을 내는 보라색 장미의 마음을 읽었다.

"아야! 가을바람을 타고 온 작은 모래알이 눈에 들어갔나 봐."

달성의 고인 눈물이 넘칠까 봐 보라색 장미를 위한 거짓말을 했다.

"괜찮아?!"

보라색 장미의 걱정에 달성은 아무렇지 않은 듯 손바닥으로 눈을 비볐다.

"응! 괜찮아. 겨우 작은 모래알이었어. 이제 눈에서 나왔네."

달성의 씩씩한 모습에 긴장이 풀린 보라색 장미였다. 달성은 다시 힘을 냈다.

"가자!"

"어디로?!"

"집!"

"응. 가자!"

20살①

달성이 보라색 장미가 심어진 하늘색 유리병을 안고 벌떡 일어났는데, 헐레벌떡 뛰어오는 젊은 청년을 마주쳤다. 달성은 젊은 청년의 옷차림을 보고 신기하게 쳐다봤다. 그리고 생각했다.

'얼마나 자연을 사랑하면 풀과 비슷한 옷을 입었을까? 그런데 저 사람은 왜 발걸음이 급한 거지? 혹시 여기… 곰이 있는 건가?'

젊은 청년은 보라색 장미꽃과 함께 있는 달성을 보고 소스라치게 놀라버렸다. 그러자 달성도 온몸의 솜털이 다 세워질 만큼 놀랐다.

'하마터면 보라색 장미가 심어진 하늘색 유리병을 놓칠 뻔했어. 그런데 여기 정말 곰이 있는 거야?'

달성은 젊은 청년이 다시 지나가기 전에 옷깃을 붙잡았다. 젊은 청년은 깜짝 놀라며 두 손으로 입을 막더니 이내 두 팔을 번쩍 들어 올렸다. 그리고 달성을 향해 떨리는 목소리로 말했다.

“사… 살고 싶어요. 저 이제 20살입니다.”

달성은 젊은 청년이 하는 말에 상황이 심각하다는 걸 짐작했다.

“저, 저를 보세요. 저는 보라색 장미꽃과 함께 있어요. 저도 자연을 사랑하는 사람이에요. 진정하세요. 그… 그런데 누구에게 쫓기는 건가요?”

“사… 사람이요. 사람에게 쫓기고 있어요. 그리고 저 사… 살고 싶어요.”

젊은 청년이 달성에게 속삭이듯이 말했다. 그러자 아주 큰 나팔소리가 들리더니 함성이 울려 퍼졌다.

“총소리가 멈췄어요!”

그 소리에 달성은 화들짝 놀랐고, 젊은 청년은 안도의 숨을 쉬었다. 젊은 청년이 참았던 눈물을 쉴 틈 없이 쏟아내었다. 그리고 달성을 향해 다시 한번 말을 건넸다.

“그리워요. 보고 싶어요.”

달성은 도대체가 상황판단이 되지 않았다. 그러나 하나 확실한 건 젊은 청년의 호소를 읽었다. 심장 박동이 달성에게 전해지던 소리가 잠잠해지고 흐르던 눈물이 진정되자 달성이 젊은 청년에게 말했다.

“겁내지 말아요. 제가 당신의 목소리에 귀 기울여 들어줄게요.”

젊은 청년의 떨렸던 목소리가 달성의 진심에 사그라지고 자신이 겪었던 상황들을 말했다.

“고마워요. 당신은 자연을 사랑하는 사람이라고 하셨죠. 저는 나라를 사랑하는 사람입니다. 나라를 지켜야만 했어요.”

젊은 청년의 고백에 달성이 대답했다.

"당신의 대답이 멋있으면서도 왜 이해되지 않는 거죠?"

"나라를 잃으면 미래도 없는 거니까요. 그래서 나라를 사랑하는 저희가 미래를 지켜야만 했어요."

"저희가 어떻게 나라를 지킨다는 거예요?"

달성의 물음에 젊은 청년이 살짝 흥분하기도 했다.

"저희가 곧 나라고, 나라를 위해 목숨을 걸어요."

달성은 젊은 청년의 대답에 그 가치관을 들여다볼 수 있었다. 달성은 처음 만났던 그 젊은 청년이 인상 깊었듯이 대화를 나눌수록 정이 갔다. 달성이 젊은 청년을 향해 정중하게 소개했다.

"저에게 큰 깨달음을 주셔서 감사합니다. 덕분에 나라를 사랑하는 마음을 알 수 있었어요. 저는 달성이라고 합니다. 제 보라색 장미가 많이 불러주는 이름이에요."

젊은 청년이 그제야 통성명했다.

"저는 경란이라고 합니다. 저희 어머니께서 많이 불러주시는 이름이에요. 그러고 보니 처음부터 달성이 품에 안고 있는 분홍색 장미꽃을 인제야 보네요. 그런데 왜 보라색 장미라고 불리나요?"

"네? 아. 제가 사랑해서 지어준 이름이에요."

달성의 대답에 경란은 생각했다.

'아, 자연을 얼마나 사랑하기에…. 나… 이 사람이랑 계속 이야기해도 괜찮겠지?!'

그리고 경란이 보라색 장미를 보고 달성을 향해 말했다.

"오, 분홍색 꽃잎이 붉어지기도 하네요."

"네! 보라색 장미가 부끄럼을 잘 타요."

경란은 몰래 한숨을 쉬었다.

'어휴. 나 안전할 거야…. 이 사람은 자연을 사랑하는 거야. 내가 나라를 사랑하는 것처럼.'

그리고 더는 말없이 호탕하게 웃어넘겼다.

"아하! 하하."

달성은 경란이 자신을 알아주는 줄 알고 같이 크게 웃었다. 경란이 다 웃고 나서 말했다.

"달성과 보라색 장미를 만나 오랜만에 웃을 수 있어 행복했습니다. 이렇게 만난 것도 우연인데 가는 길의 방향이 같다면 함께 가는 거 어떠세요?"

"저희도 경란을 만나 가을에 잊지 못할 추억을 하나 만들었어요. 저희는 집을 향해 북쪽으로 가는 길이었어요. 같은 방향인가요?"

"네! 제 가족이 사는 집도 북쪽이에요. 가는 길이 외롭지 않아 다행이에요."

달성은 경란이 한 말에 가족이라는 단어가 인상 깊었다. 그리고 경란이 그리워하고 보고 싶다고 한 말이 떠올랐다. 달성은 경란과 북쪽으로 향하며 계속 이야기를 나눴다.

"가족. 저도 그립고, 보고 싶어요."

달성의 말에 경란의 눈동자가 슬퍼지기 시작했다.

"인제 깨달았는데…. 철이 든 것 같은데, 부모님께 칭찬 듣고 싶었는데…."

경란의 흐느낌에 달성은 생각했다.

'내가 괜히 가족 이야기를 했나….'

달성은 당황했지만, 위로가 급했다.

“우리! 지금 집에 가고 있잖아요. 집에 가면, 부모님 찾아뵙고 칭찬을 들으면 되죠.”

경란은 달성의 위로가 고마웠지만, 가을바람을 타고 오는 아름다운 향이 오히려 기분을 더 맑게 해주었다.

“흠! 참 아름다운 향이 다가오네요. 맡고 있으면, 뭐랄까…. 왠지 행복해지는 기분이네요.”

달성이 그 말을 듣고 생각했다.

‘아! 내게는 익숙한 그 향. 보라색 장미의 향을 말하는구나.’

달성이 보라색 장미가 심어진 하늘색 유리병을 경란의 코 근처에 대고 말했다.

“하하. 칭찬 감사합니다.”

“아! 저는 가족에게 돌아가면, 집 앞에 있는 꽃밭을 가꿔야겠어요.”

드디어 사람이 다니는 길이 보이기 시작했다. 간절한 울음소리가 섞인 말들이 의미 없이 퍼졌다.

“제발요.”

“얼굴 한 번만요.”

“손 한 번만 잡게 해줘요.”

“마지막 포옹이라도 하고 싶어요.”

“아버지….”

“사랑하는 내 딸아….”

이별하는 순간의 소리가 점점 더 크게 땅을 진동했다. 가을바람에 낙엽 잎이 살랑이는 것처럼 하늘에는 글씨가 적힌 종이들이 흩날렸다. 달성이 그 소리를 목격하니 가슴에 멍이 새파랗게 들어버렸다. 달성의 품에 안겨 있는 보라색 장미는 아주 짧고 굵은 심장 박동 소리를 들었다. 보라색 장미는 생각했다.

'어떻게 사람이 이렇게까지 아프면 심장이 쿵 하고 내려앉을까.'

경란은 하늘을 향해 높이 종이를 던지는 사람을 보았고 그 종이를 한 장 집었다. 그리고 종이에 적힌 글을 읽었다. [전쟁은 아직 끝나지 않았다]

20살②

경란은 달성이 느낀 감정을 똑같이 느꼈다. 그리고 땅바닥에 털썩 주저앉아 비명을 질렀다. 총알을 맞은 곳이 없었고, 칼에 베인 흔적도 없었다. 피를 보고 새파랗게 겁에 질려 도망만 다녔던 경란은 그저 건강한 몸으로 비명을 질렀다. 그리고 목소리가 갈라진 상태로 혼잣말을 했다.

"나라가 있으면 무엇을 할 거야. 정작 내가 지켜야 할 사랑하는 가족이 없는 것을."

달성이 경란의 혼잣말을 듣고 말했다.

"무엇을 위해 목숨을 걸었고, 목숨을 바쳐 무엇을 얻었어요?"

"이제 내가 무얼 알겠어요…. 나는 후회 없는 선택을 했지만, 그 결과는 내 뼈를 건드리는 아픔을 준 것을…."

달성은 지금 자신이 경란을 위해 어떤 말을 해도 위로가 되어줄 수 없다는 걸 깨달았다. 경란은 달성을 향해 물었다.

"달성은 이제 어떻게 살아낼 겁니까? 그리고 제가 앞으로 어떻게 해야 하는지 아십니까?"

"저도 잘 모르겠습니다. 사람이 무엇이라고 한 치 앞을 내다볼 수 있겠습니까. 현재의 1시간 후도 사람의 계획을 비켜나가는 것을요."

그리고 달성이 보라색 장미를 향해 말했다.

"보라색 장미야…. 나도 가족이 보고 싶어."

보라색 장미는 달성의 슬픈 목소리와 함께 제일 먼저 피워낸 잎사귀를 떨어트렸다.

"달성아…. 나도 너희 집 한번 구경해 보고 싶었는데, 나… 왜 그러지…."

달성은 점점 변해가는 보라색 장미를 보고 시간을 지체할 수 없어 슬퍼할 시간도 아까웠다. 그리고 사막과 같은 전쟁의 땅은 가뭄과도 같았다. 하늘은 달성을 향해 다음 일을 위해 지혜를 주셨다.

"기도하라."

달성이 깨달음을 얻고 작은 감탄을 내뱉었다.

"아…!"

달성은 바로 경란에게 희망의 메시지를 주었다.

"하지만 저희가 막연한 처지에도 의지하고 나아갈 수 있어요."

"어떻게요?"

"보여드릴게요."

달성이 보라색 장미를 향해 말했다.

"보라색 장미야! 나를 위해 네가 제일 잘하는 걸 보여줘."

"내가 널 위해 제일 잘하는 거… 내가 살랑이는 모습?!"

"아! 아니!!! 살랑이지 않아도 아주 사랑스러워. 잘 생각해 봐!"

"아! 기도."

"기도!"

"응! 시작할게."

보라색 장미가 하늘을 향해 기도를 시작했다.

"한 나라 안에서 살인을 저지르는 전쟁을 통해 피를 보았습니다. 사람이 지은 죄가 바다를 덮을 수 없이 깊고 큽니다. 사람이 지은 죄를 대신하여 용서를 구합니다. 사람이 전쟁으로 인해 황폐해진 이 땅을 다시 사람의 손으로 수고하게 하시고 진정 무엇을 지키며 살아야 하는지 사랑으로 가르쳐 주세요."

하늘은 이 모든 모습을 바라보며 탄식했다. 그러나 보라색 장미의 기도를 듣고 잃어버린 것 같았던 빛을 다시 찾은 일에 기뻐했다. 하늘은 전쟁으로 인해 진노했던 일을 멈췄다. 하늘은 사람에게 깨달음을 주기 위해 명령을 내렸다. 전쟁이 끝난 후 황폐해진 이 땅을 향하여 하늘의 음성이 들렸다.

"아픔을 계속 지켜볼 수 없어 이 땅에 은혜를 베푸니, 너 자신을 사랑하는 것같이 네 이웃을 사랑하라."

사람 중 일부는 하늘의 음성이 긴급한 명령인 것을 깨닫지 못하고 한 귀로 듣고 한 귀로 흘려들었다. 그러나 대부분 사람이 하늘의 음성을 듣고 오랫동안 잊고 살았던 하늘 이야기를 기억해 냈다. 사람들은 가족을 잃은 슬픔에서 하늘을 잊고 살아온 현재 처지에 괴로움으로 바뀌었다.

그러나 사람들은 하늘의 명령을 지키기 위해 다짐했다. 경란이 보라색 장미의 기도를 처음부터 들었고, 하늘의 음성에 깨달음을 얻자 달성을 향해 예의를 갖춰 물어봤다.

"보라색 장미를 향해 감사 인사를 전하고 싶어요."

"보라색 장미의 칭찬은 저에게도 환영입니다."

보라색 장미는 달성과 경란의 앞에서 보란 듯이 붉어져 버렸다.

'내 부끄러운 마음을 이렇게 들키고 싶지 않은데.'

달성은 보라색 장미가 붉어지는 모습이 내심 좋았지만 언제 또다시 그 모습을 눈에 담을 수 있을지 생각했다. 달성은 가슴이 아려오는 것을 숨기고 보라색 장미를 사랑으로 바라봤다. 보라색 장미가 부끄러워하는 모습에 경란은 정중하게 감사 인사를 전했다.

"보라색 장미의 기도 덕분에 하늘의 음성을 듣고 깨달았어요. 제가 사랑하는 이 나라가 다시 숨을 쉴 수 있도록 이끌어 나가겠습니다."

보라색 장미도 경란에게 말했다.

"이 나라가 다시 숨 쉴 수 있도록 수고하고 이웃을 사랑해 주세요."

보라색 장미가 응원하자 경란은 자포자기했던 삶을 다시 새롭게 역사하기로 다짐했다.

"나. 이제 겨우 20살이야. 살아냈고 앞으로도 살아내야지. 살아보는 거야. 내 인생을."

그리고 경란의 우연도 정중한 인사를 마지막으로 짧은 인연이 되었다.

'시간이 매우 필요하겠지만, 이 나라가 다시 숨을 쉬기 위해서는 사람들의 수고와 인내가 아주 많이 필요하겠어. 그리고 보라색 장미

의 기도 덕분에 내가 가는 길을 다시 향할 수 있게 되었어.'

달성은 변해가는 보라색 장미를 보아도 점점 좋아지는 마음을 숨기지 않기로 했다. 그래서 보라색 장미를 보고 말했다.

"보라색 장미는 참 멋있구나."

"나도 알아."

정중하게 감사 인사를 전했던 경란과 다르게 다시 한번 붉어지는 보라색 장미였다. 달성은 변함없이 자존감이 높은 보라색 장미가 붉어지는 보곤 피식 웃었다. 보라색 장미는 달성의 웃음을 보고 살랑였다고 생각했는데, 또 하나의 잎사귀가 떨어졌다. 달성의 입꼬리가 씰룩였다.

"달성아. 나 너무 행복한데, 왜 눈물이 나는 걸까? 내 모습 어때?"

"사랑스러워."

달성은 그때의 보라색 장미와의 만남에서 한 번 아파봤다.

'두 번은 괜찮을 거라고 생각했는데…. 더 아파져 오는 사랑이야. 보라색 장미도 알아야 하는 사실이야.'

그리고 달성은 보라색 장미에 조심스럽게 말했다.

"보라색 장미야, 바람을 느껴봐…."

"추워. 익숙하지 않아."

"점점 겨울이 오고 있는 거야."

보라색 장미는 자신에게 마지막 계절이 다가오는 것을 알아챘다. 지금의 보라색 장미는 작년의 보라색 장미와 첫 단추가 달랐기 때문에 밝은 모습을 유지했다.

"내가 새싹을 틔울 때가 봄이었어. 나는 널 처음 봤던 봄이 제일 좋아. 그리고 하루도 빠짐없이 너와 함께 보냈어. 네가 웃을 때나 슬플 때, 아플 때와 씩씩할 때. 그 모든 순간, 내 옆에 있어주었던 너에게 고마워. 하루하루가 참 소중했던 이유야. 겨울이 와도 나는 행복할 텐데…."

"내 소중한 보라색 장미야, 네가 처음 꽃잎을 활짝 피운 날 기억하니?"

"그럼."

"그때, 내가 눈물을 보인 이유는 네가 너무 예쁜 분홍색 꽃잎을 피워내서 그랬어. 그리고 넌 참 아름다운 향을 내게 선물해 줬어. 네 향은 사람을 행복하게 해줘. 내가 웃을 수 있게 해주고, 슬플 때 함께해 주고, 아플 때 걱정해 주고, 씩씩해질 수 있도록 응원해 줘서 고마워."

"이거 왜 이래. 우리 지금이 꼭 마지막인 것처럼."

"어…! 아니야."

풍성했던 나뭇가지의 숱이 점점 앙상하게 드러나고 낙엽 잎이 쌓인 길을 걸으며 달성과 보라색 장미는 생각했다.

'하늘이여, 겨울이 늦게 오게 해주세요.'

안녕, 보라색 장미야③

달성과 보라색 장미가 긴 여정을 떠나면서 하늘에 관해 가르치고 전하면서 깨달음을 얻게 된 이웃들이 점점 사랑을 베풀기 시작했다. 그 사랑의 크기가 점점 커질수록 어둠의 크기 세력은 점점 작아졌다. 그리고 이웃은 동물의 감사함을 깨닫고 식물의 소중함을 느꼈다. 이웃은 서로 동식물을 위해 일하는 즐거움을 느꼈고 웃음의 소리가 넘치니 하늘의 권력은 더욱 강해졌다.

하늘은 달성과 보라색 장미의 기도를 들었고 겨울을 보기 전, 하늘로 올려 보내기 위해 두 개의 큰 빛줄기로 만들었다. 하늘에 올려 보내진 달성과 보라색 장미는 빛을 내며 하늘의 음성만을 들었다.

"달성과 보라색 장미의 기도와 용기 가득한 추진력을 잘 지켜보았다. 달성과 보라색 장미의 사랑을 하늘에서 지켜주고 싶구나."

그러자 갑자기 들떠버린 보라색 장미가 하늘의 말이 끝나자마자 어린아이같이 자신의 속마음을 신나게 꺼내버렸다.

"하늘이여, 저는 달성이 저와 같이 꽃잎을 피우고 지는 한 날의 꽃이 되었으면 좋겠어요!"

당황한 달성은 바로 자신의 의견을 솔직하게 하늘에게 전했다.

"아니요!! 저는 절대 아닙니다. 하늘이여, 저의 추진력에 감동하셨다면 아름다워진 땅 아래에서 보라색 장미와 같이 늙어가고 싶습니다. 그러니까… 보라색 장미를 여인으로 변신시켜 주세요. 제발."

하늘은 고민할 필요 없이 달성의 의견을 들어주고 싶었으나 보라색 장미의 속마음을 먼저 설득하기로 했다.

"보라색 장미는 달성과 1년을 보내는 시간이 더 좋은지, 달성의 말대로 여인으로 살아가 함께 늙어가는 것이 좋은지 말해주거라."

보라색 장미는 머리를 굴리기 시작했다.

'나와 달성이 한 날의 꽃이 되어버리면… 너무 가슴 아픈 일이잖아! 내 고집을 접어두고 달성의 말대로 한다면?! 달성의 옆에 더욱 더 오래 있을 수 있어! 어쩜. 달성은 똑똑해!'

보라색 장미를 기다리는 동안 하늘과 달성은 보라색 장미의 고집이 셀까 봐 다음 계획을 세우고 있었다.

"하늘이여, 저는 달성의 여인이 되고 싶습니다."

그러나 보라색 장미는 하늘과 달성이 걱정할 필요 없이 너무 수줍게 자신의 변한 마음을 꺼내 보였다. 달성은 보라색 장미를 바라보며 웃어 보였다. 기분 좋게 하늘은 달성과 보라색 장미를 다시 하늘 아래인 땅으로 안전하게 보내주었다.

달성의 집 앞마당에 살포시 내려앉은 달성은 살짝 멍하니 있다가

꿈인지 생시인지 볼을 꼬집어 보려고 오른손을 올렸다. 달성은 오른손이 묵직한 느낌이 들어 옆을 바라보았는데, 익숙한 향기를 품고 사랑스럽게 쳐다보는 한 여인을 보고 화들짝 놀랐다. 달성의 오른손과 여인이 된 보라색 장미의 왼손에 가벼운 실이 묶여 있었다.

"달성아, 안녕!"

달성은 자신이 아는 목소리에 가슴이 진정되지 않아 들떠버렸다.

"안녕, 보라색 장미야!"

"우리 이렇게 다시 만나니 너무 행복해!"

서로가 인사를 나누고 동시에 같은 말을 했다. 때마침 하늘은 눈을 내려 보내주었다.

"보라색 장미야, 함께 보는 눈 어때?"

"달성아, 겨울도 참 아름답다!"

"내 여인이 된 걸 축하해! 보라색 장미야, 사랑해!"

달성의 고백에 갑자기 들떠버린 마음을 추스르지 못한 채 보라색 장미는 묶인 손을 가볍게 무시하다가 이내 달성과 입맞춤을 해버렸다. 달성은 그 가벼운 실을 쉽게 풀곤 보라색 장미를 안은 채 집으로 향해 들어갔다. 하늘은 그 모든 순간을 지켜보았고 전해지는 행복함을 같이 느꼈다.

결심

움직인다.

우리 뒤에서 울자.

그동안 우리 참 많이 울어보았다.

내가 이제는 너!를 위해 움직인다.

느림보의 멋

내가 보는 세상은 무섭기도 하지만 참 아름다운 세상인데
내게 이상한 일이 다가오면 내가 아니라
이상한 일을 당하는 나를 세상이 보고 있는 거야.
나도 멋있는 사람이더라.
그래서 그 멋 더욱 찾아갈 거야.

너의 용기

살면서 자신을 도와달라고 말할 수 있는 사람은 드물겠지…?

나는 네게 나를 도와달라고 너만을 선택했고 너는 나를 받아줬어. 나를 받아준 너의 용기 있는 모습이 멋있는 거야.

나는 네게 도와달라고 부탁한 것에 대해 책임을 질 거야!

네 선택에 후회하지 않게 나는 나와 너를 위해 노력할 거야. 정말 좋은 동기부여야~.

네 도움이 내게 가득 찬다면 나는 널 생각하며 다른 사람들에게 그 멋을 나눠줄 거야^^. 그때까지 천천히 나를 지켜봐 줘!

세상에 대해 레벨이 1인 나에게 너는(만) 멋있는 사람이라…^^.

감사

널 다시 찾아서 얼마나 기쁘고 감사한지 몰라.
다른 의미든지 이렇게 연락할 수 있는 게 믿기 힘든걸.
내가 널 잃는 줄 알고 얼마나 가슴이 아팠는데.
참 소중한 사람이야.

기다림

연락하고 싶은 마음을 잘 기다리며 오늘의 외로움이 내일은 소중한 시간이 되길!

짝사랑

앞이 보이지 않는 미래에 내가 아플 걸 알아도 지금은 널 좋아할래.

마음 정리

사랑을 하니 참 많이도 가슴이 아팠고,
그립고 보고파서 참 많이도 울었다.
이제는 조금씩 마음 정리하면서
사랑받을 준비 해야겠다.

자아 성찰

음 항상 자아 성찰을 해야 해.
너 자신을 돌아보고 부족한 점이 무엇인지
생각하고 다른 사람과 비교도 해보고 더
똑똑해져야 하고 그를 위해 기도도 하고!

시작

다시 시작해 보자.
그리고 가치를 높이자.

기쁨

이제 수 다 놓았어!

곧 너에게 줄 수 있어서 기뻐!

'내가 좋아하는 사람이 나를 좋아해 주는 건 기적이야. -《어린 왕자》'

단 하나뿐

세상에 단 하나뿐인 너와 같은 소중한 사람은 또다시 없을 거야.

마음

좋았어! 2021년 8월!

너와 나와의 관계가 유지되도록 만들 거야.

네게 어울리는 여자가 될 거야.

체력, 사회성 모두 잡아서 네게 줄 거야.

나는 네 마음을 받을 거야.

내게 다시 기회 주고 기다려 줘서 네게 감사해.

아픔

안 예쁜 꽃은 없다.

한 송이의 장미꽃은 참 예쁘게 피어났는데, 가시가 왜 이리 많을까.

가슴앓이

소중한 사람을 지켜야 해.

소중한 사람을 잃는 건 너무 가슴이 아프잖아.

나는 지키려고 노력할 거야.

잘 지켜내야 해.

지킬 거야.

이별

노력해도 안 되는 건 미련이야.

네 선택으로 인하여 생긴 내 큰 울림이 우리 가족 모두가 흘렸어.

내가 듣고 싶은 말이 참 많았는데

지은아 괜찮아?!

사랑해 버렸어. 잊을 수 없게.
다 줬는데,
차라리 미워하자.
그렇게 해서라도 잊을 수 있다면 미워할 이유가 없어.

힘들었어

나 기다리다 지친 너만큼 나도 얼마나 괴롭고 외로운 시간을 홀로 버텨야만 했는지 몰라.
변함없이 덩그러니 혼자 있어.
그곳에서 괴로워 미치는 줄 알았어. 날 더 외롭게 만들었고 구속했어.
내게 무슨 일이 있으면 독방에 가두어 놓았어.
책도 없고 할 일 없이 장시간 혼자서 뭐 하고 버텨내. 정신이 멀쩡한데.
도대체 내게 놓은 주사들은 뭐야. 나는 왜 기억을 잃었고
그동안 어떻게 지내다 갑자기 깨어난 나야.
유일하게 외워둔 네 번호를 이제는 잊어야만 하는데
어떻게 이렇게나 선명해.
세상은 아름다운데 혼자 보기 아까워.
안 힘든 사람 있어?
나 힘들어.

눈물 꽃

오늘 수많은 웃음꽃들이 피어났는데 너는 무엇이 보였니?
내 머리엔 네가 가득 차서 흐릿해. 뭐가 잘 안 보이더라.
한동안 한참 울고 나면 배고플 만도 한데 세상 신기해.

안녕

꽃도 풀도 아닌 것처럼 꼭 잡초 같아.
세상에서 나 같은 여자는 뭣도 아니야.
내 인생에서 나 대신 주인공 해볼 사람.
내 어깨는 참 무겁고 버거워.
살아 있는 한 이겨내야만 해서.
내 머리는 빈 소리가 가득 차 있고, 이래서 뭐라도 할 수 있겠어?

덕분에가 때문에로 변할 이유가 없어.
미워할, 싫어할 이유가 없어서 다행이야.

변함없이 소중해도 놓아야만 하는 이 사랑놀이에서
비련의 여주인공이 된 기분 익숙지 않아.

여주인공은 말했지.
'이제 이건 주인공이 없는데. 허락 없이 받았던 네가 책임져.'
그리고 '안녕.'이라고.

처음은 있어도 마지막은 없길 바랐는데,
우리 마지막 인사도 처음 인사와 같았네.

안녕이라는 말이 슬프기도 하는구나.

무서웠어

차이콥스키.
오늘 꾼 꿈속에 나온 남자주인공은 큰 미래가 있던데, 여자 주인공을 생각하면 악몽이야.
확실하지 않은 미래와 지금의 두려움 때문에 새벽에 깨어났어. 아침부터 눈물 참느라 정말 무서웠어.

장미꽃

피울 때가 되었구나.

같이 보고 싶은 이가 있었는데, 질 때쯤이면 또 어떤 마음일까.

그 마음 미리 준비하고 상처 덜 받아야지.

칭찬해줘

혼자 잘 노는 것 같아. 이런 능력은 없어도 되는데 말이야.

시각은 자비 없이 흘러가고, 집중해야 할 일에 딴생각이나 해버리니.

이러면 나만 손해야. 나는 참 관대한 사람이야.

그래도 나는 날 위한 쓴소리보단 칭찬이 고파.

왜냐하면 나는 강한 여자이니까. 그리고 계속 강해질 거야.

이래 뵈어도 나 좀 멋있는 여자야.

예쁘지도 화려하지도 않지만 난 내가 좋아.

그런데 피오나 공주는 피하고 싶어.

제자리걸음

연락처 아는데, 할 수 있는 게 아무것도 없네.
잊을 수 있을까. 가슴에 묻으라고 수없이 읊어봐도 제자리걸음이네.

그냥 그리움일 뿐이야…. 사랑해서야.

나도 느꼈던 네 짧은 사랑과 내가 한 짝사랑.

변함

시간이 지나도 참 변한 게 없구나.
한결같은 내 마음은 탓하지 않는데, 내 모습만 변해버렸구나.
마음이 변하고 내 모습을 돌릴 수 있다면 나는 어떤 생각을 하게 되어버릴까.
지금 나는 배가 고프구나.
내 소중한 사람들은 출발선 넘어 질주하는데,
제자리걸음인 내 시선에 친구들이 이제는 흐릿하게 보이는구나.
이럴 땐 내가 선수로 나온 것이 후회되고 서글퍼지는 거야. 차라리 응원단이면 좋았을 것을.

잡초의 매력

세상을 알아간다는 거. 어른이 되어가고 있다는 거겠지.

삶의 무게를 느껴가고 있다는 거.

이겨내야만 한다는 책임감인 거지.

이렇게도 생각해 봤어.

온실 속 화초인 줄 알았는데 밟아도

뽑아도 끈질긴 잡초에 더 어울리는 것 같아.

그래도 뭐 어때.

우리가 다 같은 꽃과 풀인 것을.

그늘이 참 좋았어.

나와야 할 때가 되니 지치는 맛도 알아가고 있어.

살아 있는 한 잡초 같은 내가 쉽게 좌절하고 포기하지는 않을 거야.

그게 잡초의 매력 아니겠어.

언젠가는 햇볕에서도 강하게 자라겠지.

나는 그때를 믿어 의심치 않아.

다이어트 평가

첫사랑은 해봤는데, 첫사랑과 손잡았던 적이 있었는지 기억이 없어요.

오늘은 장난스럽게 이성과 손잡으며 따뜻한 온기를 짧게 느껴봤어요.

사귀는 사이도 아닌데 마음이 움직이는 것 같아서 무서웠어요.

내가 짝사랑을 두 마음으로 할까 봐요.

보고 싶은 이가 진정 있는데 함께하는 시간이 저로 인해 멀어졌어요.

저를 제일 잘 알고 제가 많이 사랑하는 이에게 또다시 실망과 기대를 저버리고 싶지 않아요. 제가 그에게 확신을 준 적이 없어 미안해요. 중간평가는 엄청 떨리고 자신 없을 텐데 기말평가에 가능성을 열어주시고 최종평가에 기쁨이 있기를 바라요.

노력하겠습니다.

처음과 끝의 대조

그 사람을 생각하면 나는 힘이 되어주지 못할 뿐만 아니라 지치게 만들고 실망만 안겨주는 아이다. 날 만나서 후회하지는 않았냐는 질문에 그 사람은 그럴 필요가 있냐고 했다.

마음 졸이다 그 사람의 그 대답에 나는 감사하기만 했다.

어제의 저녁시간에 그 사람 모습은 너무 멋있기만 해서 나는 잘 나대었다. 누가 봐도 반한 걸 들통날 정도였다.

그러다 내 자신이 싫어지는 순간도 함께 느꼈다.

그건 우리의 시간이 지나고 나면 다시 혼자 느껴질 외로움이 강해질 거라는 걸 예감했다.

올해 처음 만나 기쁜 순간은 마지막과는 대조되었다.

그 사람은 내게 주는 기회라고 해도 이젠 내게도 시간이 많지 않다.

그 사람을 생각하면 나는 이기적인 여자가 맞다.

배울 게 차고 넘쳤지만 먼저 이타적인 사람이 되어야겠다.

소중할 이유

나는 몰랐어. 너에게 힘내라고 준비한 글이 내 프사가 될 줄.

갑자기 변한 네 프사에 감히 보낼 수 없다는 걸 깨달았어.

이별을 맞이했어. 소중할 이유를 버려야 해.

새롭게 맞이할 내 사람만을 위해서.

존재

어머니랑 잠시 외출하면서 느낀 점이 많았어.

내가 깨달은 걸 말하자면 너무 길어. 오늘도 많이 보고 싶었는데,

하고 싶은 말도 많았는데 못 했어. 그냥 널 많이 좋아해.

우리 어머니도.

버스 기다리며, 집까지 가는 동안 왜 이리 눈물이 차고 넘치는지.

그때의 그 집이 참 오래된 집이었지.

만약에 내가 다시 그 집을 마주하게 된다면 혼자 보고

싶지 않다고. 그리고 너무 그리웠다며 반가워서 기쁨의 눈물이 넘칠 거라고.

너는 네 삶에서 살아가는 동안 잊지 말아야 할 게 있어.

네가 어떤 이에게는 얼마나 소중한 사람이었고 사랑받고 있는 존재임을 말이야.

변하지 않고 있어서 오늘도 미안해.

결국 사랑해.

그래서 다시 미안해.

반쪽 심장

어떻게 지내니?

오늘도 네가 참 그리워서 눈물이 앞서는구나.

내가 너무 많이 힘든 일이 있었어.

내게 그럴 때마다 힘이 되어주고 싶다며 다가와 주는 고마운 사람을 만나봤어.

네가 내게 했던 말을 내가 그분에게 해버렸어. 네가 내게 그랬었지.

나 때문에 우는 일이 없길 바란다고.

잠시 기댄 그 사람과 정이 들어도 네가 다시 내게 다가와 준다면 나는 변함없이 너에게 달려갈 거야.

우리는 참 많은 대화도 못 나누었는데, 마지막이 되어버린 날에도 나만 좋아하다가 끝났지.

그 사람처럼 너와도 깊은 대화 한번 해보고 싶다.

나에 대해 알려주어도 결국 너는 나를 모르는 채 떠나간 너야.

네가 떠나간 이후부터 이제 나는 세상에서도 갇혀 살고 있어.

나는 하루하루가 불안한데 기댈 곳이 없어서 죽고 싶었어.

아직 살고 싶어서, 작고 초라한 내가 염치없이 기대보다가 그 사람에게 결국 상처 주면 어떡해.

사람 관계는 가볍게 다루면 안 되는 거라 배웠어.

내 한쪽 심장은 너였기에 다 줬는데, 나는 어떻게 하라고. 반쪽 심장은 살기 힘들어서. 나는 죄인이야.

결정

-나 요즘 톡 잘 안 읽고 있어.

요즘 잘해보려는 사람이 생겼어.

*그럼 내가 조심할게.

더 이상 나 땜에 울지마.

많이 많이 행복해야 해.

사랑해. 놓아줄게.

-너도.

*고마웠어. 온유하고 선한 사람아. 잘 가.

지키기 힘들었어

나 칭찬 한 가지만 해줘.

내가 말없이 사라져서 지금까지 화난 거야?

내 모습이 변해서야 내 모든 게 싫어진 거야?

나는 이제 너에게 다시 다가갈 수 없는 거야?

내가 너무 늦게 알았어.

내가 뒤처지고, 살면서 하나씩 깨달을 때마다 우울해져.

내가 기운 낼 수 있게 관심과 사랑받고 싶은데,

내가 짝사랑하는 사람도 지치고 힘들어하는 것 같아.

너와의 약속을 하나도 지키지 못한 거짓말쟁이여서 많이 화났지.
나를 떠나려는 이유가 뭐야. 세상에서 약해빠진 무능력한 사람에
다가
미래가 불확실하고 불안정하고 예쁘지도 않고 가엾기만 해서야?
감정도 없고 사랑할 이유가 없어서야. 나 칭찬 한 가지만 해줘.
'사랑이 많다.'

동화책

'나 없이 잘 살아야지.
나는 다른 사람을 만나기 원해.'
나는 너 없이 잘 살 수 없어.
하루가 외롭고 기쁘지 않아. 나는 거북이야.
나보다 앞서가는 토끼들이 많아도 동화책처럼 한 마리는 이기겠지.
그 소박함에 기뻐하려고.
거북이라 어쩔 수 없잖아.
네가 먼저 우승해서 내가 그 길 따라 잘 갈 수 있게 해줘.
인생 선배같이.
차라리 네가 거북이 해. 내가 잠자면서 널 그리워하는 동안 깨어
있으면 그때서야 깨닫겠지.
네 여인 생기면 그때가 우승이야.
그럼 우리 동화책은 끝난 거야.

상처

뭐라고 말 좀 해줘.

나도 많이 궁금하고 답답한데 오랜만에 만났을 때,

아무런 질문도 안부도 묻지 않는 네 모습에 내가 하고 싶은 말이야.

'놓아주고 싶어. 잘 안 돼. 내가 정신 차리고 놓아줄 수 있게 도와줘.

내게 가시 좀 놓고 가.' 뭐라고 말 좀 해줘. 내 눈물이 식지 않아.

눈가를 닦다가 시간이 지나니 피부가 따가워.

아픈 건 가슴인데 흐릿한 내 시야에 내 입술로 선명히 네 이름을 외치는구나.

그리고 보고 싶어.

나의 존재

밤하늘 아래 폭죽과 너.

'길거리여도 사람 많으면 코로나 조심해. 이미 걸렸더라도 새벽에 비 온다는 것 같으니 창문 잘 닫고 선풍기는 타이머 잘 해놓고 자. 좋은 밤 보내.'

너랑 같이 사진도 많이 찍고 예쁜 밤하늘과 너의 크고 따뜻한 손도 많이 잡으며 드라마의 주인공이 된 듯 행복하게 살아보고 싶었는데, 너는 내가 많이 가엽다며 힘이 되어주고 싶었다면서 오히려 내 마음에 가득 채워진 채 너만 홀로 떠나갔구나.
나랑도 눈에만 말고 언제든지 보고 싶을 때 꺼내 볼 수 있게 사진 1장 찍어주지.
너에게 나는 뭐였을까 싶어.

사과

내가 듣고 싶은 말이 있어.
네가 잘못한 게 아니야.
너는 아픈 아이가 아니야.
널 아프게 해서 미안하단다.

쓸쓸한 사랑

널 다시 만날 수만 있다면.
나는 네 존재만으로 행복한 사람이라.
많이 보고 싶어. 사실 나 많이 힘들어.

확실히 깨달았어. 네가 아니면 안 되겠어.

너에게 어울리는 여자가 되도록 내가 많이 노력할게.

너의 작은 눈길이라도 얻고자 나는 수없이 단련할 거야.
아무도 없는 것처럼 혼자서 하는 나와의 싸움에서 많이 외롭고
그리워서 눈물이 맺혀도 네게 다시 용기 낼 수 있는 시간이 주어질 거라는 희망을 품고는 살아가.

아마 나는 몇 개월이 아닌 몇 년이 걸릴 수도 있어.
그래도 너 하나만 품고 혼자서 쓸쓸히 이겨낼 거야.

네 말대로 체력 기르고 사회성 길러서 내가 다시 보일 수 있을 때 겨우 용기 낸 내 마음에 얼굴 한 번만 보여주길 바라.

이러면 안 되는데, 내가 널 너무 사랑해. 보고 싶어.

나는 조연이 되고 싶지 않아.

순서

내 인생 선배인 친구보고 느낀 점이 많아.
웃고 있는 아기 사진이 많았지.

아기가 많이 웃는다는 건
엄마의 많은 노력도 있었고
건강한 몸과 마음가짐이라는 걸.

웃는 건 행복한 건데, 난….

사랑받는 것보다 사랑하는 걸 사랑해서

순서를 잡는다면 나를 먼저 사랑하자.
그래야겠어. 사랑하기 위해서는.
내가 행복해지는 방법이야.

좀 특별하게 살아봤어. 사실 고단해.
나도 평범하게 살고 싶어서 다시 바로잡아 봐.

최선

너는 나에게 최선을 다했어.
나는 그러지 못해서 가슴앓이 중이야.

너에 대한 정보

씩씩하게 남자답게 잘 자라줬어.

남부럽지 않게 열심히 살아서 사회에서도 강하게 살아남을 능력도 만들었어.

타인에게는 겸손하고 자신에게는 엄격하게 절제하는 힘도 길러서 어딜 가든 인정받기도 하지. 삶에 부지런함이 길들여져서 의미 있고 보람된 하루를 보내려 하지. 삶의 방향을 잃지 않기 위해서 목표를 두고 움직이는 실천력도 있어. 배움에 대한 호기심은 여전하고 계속 발전하기 위해서 노력에 노력을 더하는 사람이야.

너에게 다가갈 수가 없어서.

주는 기쁨

내가 다 미안해.
나 울어.

내가 아파서
내가 다 미안해.

많이 기다리고 힘들었지.

나는 괜찮아지려고 매일 노력하고 있어.

너에게 기쁨이 되는 사람이면 나는 행복했어.
네가 웃는 게 좋아서 나는 외로웠어도 네 앞에서는 절대 울지 않았어.

사실 오늘도 겨우 힘냈는데,
우리 어떻게 해서든 같이 행복해지자.
사랑해.

고장 난 마음

아름다운 보석이 있었어.
내 것도 아닌데 감히 손대었지.
그 시작은 달콤했어.
그 끝은 쓴 벌이야.

엄마가 아플 걸 아는데,
나는 짧고 굵은 인생인가 봐요.

익숙해진 그 인생이 세상보다 나은 것 같아요.

입원하고 싶어요.
퇴원은 없어요.

사는 방법도, 죽는 방법도 몰라요.

인조와 생화

분홍색 장미꽃은 선물 받았어요.
그런데 오늘같이 비 오는 날,
인어공주처럼 물거품이 되어 사라져 버렸어요.

모든 꽃잎이 비누로 만들어져 있었거든요.

해바라기 꽃이 맑은 날, 시들어 버렸어요.
물을 주지 않으니, 한 잎 한 잎 떨어지기 시작했어요.

해바라기의 마지막 꽃잎도 시들자 비가 내리기 시작했어요.

분홍색 장미꽃은 꽃잎을 잃었지만 줄기가 인조라서 시간이 지나자 잊혀졌죠.

생화였던 해바라기 꽃은 다시 햇빛이 들자
줄기를 숙이곤 떨어진 꽃잎을 그리워했답니다.

그래서 흙바닥에 자기 모든 걸 쏟고 비가 내리길 기도했죠.
그러자 신기하게도 무수히 많은 새싹이 텄답니다.
자신은 잃어도 주변에 꽃향기가 넘칠 거예요.

눈동자

"당신이 나를 살려준 공주였군요!"
폭죽놀이가 시작되었어요.
그때 아주 아름다운 밤하늘에 별빛은 숨었죠.

그리고 인어공주는 아름다운 노랫소리와 함께 물거품이 되었어요.

당신과 춤을 출 때, 내 두 다리가 칼에 찔리는 듯이
아팠었어도 내 두 눈동자에 당신을 담으며 웃었어요.

"내 목소리 들리나요?
당신이 그토록 찾았던 나 여기 있었는데….
부디 행복하세요."

그 빛

많이 보고 싶을 거야.
나는 강해질 수 없나 봐.
나는 처음이자 마지막 사랑이야.

더 이상 살고 싶지 않아.

많이 어렵겠지만 다 잊을게.

어둠 속에서 네가 알려준 그 빛은
나에겐 희망이었고,
다시 그 빛을 돌려주고 있어.

어둠이 내가 좋대.
어둠이 나 좋아해 주는 거 말이야.
싫어하지 않으려구.

둘 다 행복해질 수 없는 게 벌인가 봐.
그러면 잃을 거 없는 내가 널 위해 기도해.
이제는 네가 사랑을 해줘서 행복하라고.

노력

내가 교만과 자만에 빠지자면 말이야.

내가 살만 빠진다면, 내 꽃향기에 취해 줄을 설 거야.
그러면 내 번호는 사라지고 내가 사랑하는 네 번호를 알려줄 텐데.
그런 일이 생기긴 할까?

나 지금 〈인사이드아웃〉에 나오는 슬픔이야.
아무리 내가 좋아하는 색깔이 파란색이지만
어떻게 지금의 내 상태와 똑같은 캐릭터일까 싶어.

다시 기쁨이가 되려면 나는 지인짜
최고의 다이어트 성형수술을 받아야 해.

다시 태어날 수 있는 일이 없잖아.
그러니 죽을 각오로 내가 변해야지.

나 다시 태어날래.

그런데 그거 알아?
우리 집 강아지 이름 내가 지어줬는데,
그 이름이 바로 기쁨이다.

오프라인 게임

온라인 게임에서 내가 원하는 보상은 쉽게 나오지 않아.

나는 지금 오프라인 게임 속에서 경험치를 쌓고 있어.

흐음. 만 보 걷기게임이 좋겠어.
그래서 보상은 생명수이고,
최종보상은 몸무게 감량이야.

리스크도 있지.
그건 식습관 관리에서 유혹을 이기지 못할 때 발생하는 건데,
경험치를 깎이면 항상 후회하는 거야.

필수적인 미션도 있어.
매일 만 보 걷기에 접속하는 건데,
미션 실패하면 보상 없는 건 당연하고
레벨업에서 점점 멀어지는 거지.

이 게임 중독성있으면 좋겠는데,
재미까지 있으면 얼마나 좋을까.

이름

사랑해. 보고 싶어.
보고 싶어.
보고 싶어.
사랑해.
네 이름아.

부르고 싶은 그 이름.

처방전

잊을 거야.
울지도 않았는데, 속이 너무 아파.
숨 쉴 때마다 아파.

그게 맞는 거야.
내가 낫는 방법이야.
나 때문에 아플 일도 없는 거고
너 때문에 곪을 일도 없어지는 거야.

널 알기 전으로 돌아가면 되는 거야.
이제는 몰라야 하는 거야.

내가 살려고 발버둥 치는 거야.
내 삶에 너는 원래부터 없었던 거야.
나는 너랑 뭘 했는지 아무것도 기억나지 않아야 해.

나에 대해서 소개할게

안녕. 나는 거지 같은 사랑을 해봤어.
그 거지가 많이 불쌍해서 도와준 한 청년이 있었어.
그 청년의 작은 동정은 거지에겐 큰 착각이 되었지.
작은 동정이 뭐라고.
그 거지는 줄 수 있는 게 없어서 마지막 심장을 내줬어.
그 청년은 내 동정이 뭐라고 이런 걸.
거지는 희망을 바치고 내 심장을 돌려달라고 애원했어.
끝내 그 청년은 눈길을 주지 않았지.
거지는 입술을 막고 외쳤지.
제발 아무도 나를 동정하지 마세요.

잊지 마

네 발걸음이 당당해져도 고개는 들지 마.

너도 울지도 말고 웃지도 마.

네 옆에도 아무도 모르는 사람들만 있길 바라.

친구도 잃어보고 가져도 행복한지 모르고 살아.

사랑은 해보고 나는 잊지 마.

속

참 신기하지.

동갑인 친구가 있었다.

한 아이는 자취해도 사랑받았어.

다른 아이는 같이 살아도 고아였지.

한 아이는 처음 보는 고아의 속을 양파같이 까기 시작했어.

처음에는 하얗다고 좋아했지.

그런데 시간이 흐르자 고아의 마지막 알맹이가 검고 썩었던 거야.

실망이 너무 큰 그 아이는 고아랑 어울리고 싶지 않았어.

왜냐하면 자기 속은 순결하고 순수했으니까.

고아는 입술을 막고 외쳤지.
내 옷을 다시 입혀주세요.
나는 겨우 살아요.

걱정

네가 싫어도 나 화나도,
너밖에 없어서 우는 거야.
그런데 나는 너에게 못 가서 그래.
나 너무 아픈데, 너도 아프고 있을까 봐.
있지. 아프지 마. 울지마. 웃어보자.

잘 안 돼

너였다면, 넌 어땠을까.
나… 할 말이 있어.
뭔데.
그래서 놓아주는 거야.
뭐!

널 이해해.
나는 네게 미안해.
나도. 나는 괜찮아질 거야.
우린 잊어야 하니까.
이별해 보자. 그까짓 것. 잘 안 돼.

내 임무

내가 한 말은 거짓말이야.
웃는 게 뭐였지, 슬픈데 눈물은 안 나와.
코는 찡긋이 아프고 눈은 말라 있어.

알겠는데도 답답해.
내 속에 화가 많고 스트레스를 해소할 수단이 없어.

겨우 연락했던 친한 친구들과는… 잃었어.
알고 있는 친구는 내 마음을 다 알려주고 싶지 않아.

꼭 살아 숨 쉬는 고체인간 같아.
무감감 속에서 웃지도 못하고 눈물도 없는데 삐거덕거리며
겨우 움직이는 거 말이야.

내 친한 친구가 아프대.
나는 아플 때 걱정해 주는 친구 한 명 없었는데,
내 연락이 귀찮은 건 아니겠지.

나에 대해서 넌 잘 모르더라.
2년쯤 되었나. 그렇게 끊임없이 말도 해주고
많이 보여줬는데, 넌 내가 좋아하는 말도 것도
싫어하는 것도 해줬음 하는 말도 행동도 용기도 없었어.

그거 알고 있니?
우리 교회친구는 너랑 비슷한 시기에 만났는데
몇 번 만난 그 짧은 시간 동안 날 다 알아주던데.
참 고마운 친구지.

널 만나서 고마웠던 점은 너라는 사람을 알게 된 거야.
너는 내게 아무것도 아니지만, 언젠가 만날 수 있는 내
마지막 사랑에 내가 좀 더 성숙해질 수 있었다는 거야.

나도 알아. 네가 나 병원 간 동안 얼마나 힘들어했을지.
너랑 나. 서로 다른 침대 위에서. 참 혼자서 많이 울면서.
그 긴 세월 힘들게 버텼다.

나는 이제 너에게 기쁨도 웃음이 되어줄 수 있는 사람이 못 돼.

네 옆에 있으면 널 걱정만 시키고 아프게만 할 사람이야.

6월의 아이야. 이제는 나라는 사람은 잊고 행복하게 살아.
나는 이젠 너 없이도 잘 살 수 있을 것 같아.
그래야 너도 행복할 수 있잖아.
내가 힘들 거라는 걸 생각하지 마.

내가 세상에서 제일 약한 듯 보여도 아무도 나처럼 살 수는 없어.
내가 내 인생 살아봤는데, 하나님과 아주 조금 특별하게 살아봤어.

이제는 나 하나님 싫어해.
내가 하나님의 자녀처럼 살 수가 없어서 포기하고 싶어져.

그래도 믿음 없이는 안 되겠다.
나는 하나님을 사랑하는 게 아니라
하나님께서 나를 미워도 사랑하시는 건가 봐.

너는 착하고 성실해서 하나님이 사랑하는 거야.

잠시 나라는 친구를 네 옆에 두고선
네가 제일 외로울 수 있는 시기에
날 선물해 준 걸 거야.

하나님께서 너는 그 외로움 익숙해지지 말라고.
이제 나는 떠나야 하는 거야.

하나님께서 뜻이 아니라 하시면 제가 멈춰 서고,
너와 나의 관계에서 내 임무는 끝난 거야.

하나님께서 널 통해 내게 가르쳐 주신 건
사랑하게 해보셨고 사랑의 기쁨을 알려주셨어.
나는 너와 다른 위치에서 할 일이 있어.

가족도 사랑해야 하고 내 앞가림도 잘해내야 하고,
내 꿈도 펼쳐봐야 하고, 건강도 챙겨야 하고,
결혼도 해보고 싶어.

우리 서로 미워하지 말자.
나만 부족한 거 아니었으니 서로 용서하자.
우리 사랑했던 건 맞지.
나만 사랑한 거 아니었지.

한 번만 네 옆에서 못다 한 말 한마디 해보고 싶다.

네 이름아, 사랑해.

밀당

아… 바람아.

내가 걸어가는 이 길에 불지 좀 말아다오.

내 뱃살에 감기는 티셔츠가 심히 부끄럽단 말이다.

시원한 건 고마운데, 날 너무 좋아하지 말아다오.

그러면 적당히 예뻐해 주마.

비교

나는 행복한 사람이다

비교를 하며 주문을 걸어.

그러면 나는 진짜 행복한 사람이다.

잘 살아내 봐.

진짜 행복한 사람이 되도록.

'행복'(장한이) 노래처럼

나는 행복을 알고 있는데,

내가 나눌 수 있는 게 없다고 생각이 들면 울적하고 괴로워.

내가 사랑하는 사람한테.
내가 사랑이 많다고 칭찬을 들었어.

가진 거 없어서 가지고 싶고,
사랑이 많아도 혼자여서 하고 싶고,
힘이 없어서 강해지고 싶고,
억울함이 많아서 다 토해내고 싶고,
눈물 날 일 많아서 기뻐하고 싶어.

내게 행복은 이런 거야.
뭐 하나라도 제대로 있고 싶어.

단 하나도 없잖아.
나는 세상에서 불행해.

나보다 불쌍한 사람과 비교할 일 없이 나는 똑같은 거야.
그렇게 가져보고 싶고 부러워만 하고 바라만 보다가
결국은 알아도 아무것도 해낼 수 없는 가여운 존재야.

나는 지금 그래.
사실 살고 싶지 않아.
지옥이든 천국이든 내 삶을 드리고 싶어.

그냥 이 세상에서 사는 지옥을 살다가
죽어서는 하나님께 맡길래.

나는 하나님께 고백할 거야.

나는 계속 하나님의 자녀로서 당당하게 살고 싶었습니다.
그리고 너무 힘들었습니다.
내 입술을 통해 나오는 신음을 알아주소서.

벗

너희 그거 알아?
있지. 나 오늘 오마무시 행복하다.
내가 잃어버린 소중한 벗을 다시 찾았거든.
내 보물이야.
하나님께 감사해.
그리고 집으로 돌아가는 길이 외롭지 않았으면 좋겠어.

사랑

놓지 못해 터질 듯이 아픈 가슴.

그때

아무것도 몰랐을 때가 좋았어.

나 찢어질 듯 아파.

기대주렴

6월 1일

내 사랑하는 사람아

내가 소나무가 될게.

사랑하는 사람아 소나무가

아낌없이 주는 나무가

될 테니 내게 기대주렴.

아낌없이 줄 때 베이는
아픔을 내 사랑하는 사람은
알지 않기를

어서 와.
내게 기대주렴.
널 많이 기다렸단다.

오래 참고

내 첫사랑을 위해서 주님께 새 삶을 기도드리기로 했다.
몇 년이 걸리든 내가 평생 사랑받을 수 있다면 괜찮아.

내가 멋있는 분을 좋아하듯이.
내 사랑하는 사람을 위해서
나는 내조 여왕이 되고
날 다시 예쁘게 가꾸어서

평생을 행복하게 사는 거야.

사랑은 오래 참고 주님이 허락해 주실 때를 기다려.

살아보는 거야.
내가 주님께서 주신 그를 위해 평생
행복하게 해줄 수 있는 여인이라고
확신이 들 때.
고백해.

살아보는 거야.

사랑은 오래 참고.

선물

내 선물 어때?
멋있어 보이는 포장지로 골랐지.
포장지 뜯기는 소리가 꼭 내 가슴 찢어지는 소리와 같구나.
근데 너 왜 이렇게 입이 찢어질 듯 좋아해?
내 가슴이 아파도 눈물도 못 흘리게.
왜?! 웃는 얼굴에 침 못 뱉잖아.
그래. 내가 줄게.
내가 준 거면 네가 도둑질한 거 아니야.
내 선물 어때?

다시 오길

세상에 사랑마저 양보하지 마. 이 악물어.
사랑은 지키는 거야.

울지도 마.
내 사랑하는 사람을 위해서.

많이 웃어.
그 누구도 건들지 못하게.

흔들리지 마.
서로를 지킬 수 있게.

아낌없이 주는 나무는 다 베어졌어.
네가 다시 오길 준비해.

외유내유

나. 외강내유지. 사실 괜찮겠어?

두렵고 무섭지.
마지막 기회일까 봐.

그리고 너에게 어떻게 연락할 수 있을까….
변한 내 모습에 프사를 바꾸면 되는 걸까.

긴장하는 삶이 행복하지 않는단 걸 잘 알아.
선택은 내가 했고 그 후회도 내가 책임져야 해.

일단 뭐라도 시작해.
꾸준히 하다 보면 변화는 생길 거야.

듣고 싶어

지은아, 아프지 마.
널 아프게 해서 미안해.
내가 처음으로 누구한테 이 말을 들을 수 있을까.

미안해요

우리 서로 사랑했어요.

내 사랑하는 사람아.

나 울고 있지.

내 사랑하는 사람아.

나로 인해 제발 아파하지 마요.

내 사랑하는 사람아.

지켜주지 못해서 미안해요.

우리 서로 사랑했는데.

나와의 약속

스스로 정한 세 가지 약속.

순서대로

1. 공모전 완결
2. 체력 기르기
3. 사회생활

누구한텐 쉬워도 나한텐 쉽지 않아.

그래도 내가 살아내는 방법인 것 같아.
포기하지 말고 순서대로만 차근차근 움직이자.
이건 나 자신만을 위해서가 아니야.
사랑하는 사람을 지키기 위해서이기도 해.

그리운 사랑

보고 싶은 마음을 꾹꾹 눌러 담아 참고 또 참아봐도 식어지지 않는 이 사랑.
사진을 봐도 채워지지 않아 나의 그리움에 사무쳐서 눈물이 마르지 않는 사랑.

연락조차 닿지 않는. 아픈 이 사랑.
놓아줘야 하는 머리싸움에 마음이 이겨버리는 사랑.

건강해지고 싶어

짧은 인생 짧은 순간 느꼈던 큰 행복.

행복해 봤고 사랑해 봤으니까.
내가 건강하지 않은데,
오래 살아서 뭐할까.

결혼한다고 해서
사랑하는 사람을 오래 지켜줄 수 있을까.

나는 지금은 그래.
혼자 살다가 조용히 죽고 싶어.

이겨내고 있어요

아버지. 저 아팠어요.
사랑도 구속하실 땐,
이미 한 번 더 죽었어요.

이제 저 겨우 29살이에요.

더 살아서 뭐 하면 되는지
인생 한번 제대로 가르쳐 주세요.
제가 손도 잡아드리고 한번 안아볼 수 있게요.

모두가 없는 제 형편을 짓밟는 것만 같고
무시당하는 것 같아요.
저도 아버지처럼 인정받는 삶 좋아해요.
칭찬 한 번만 해주세요.
저 힘낼 수 있게 용기 좀 주세요.
나는 사랑받기 합당해요.

나 괜찮았냐고 걱정 한번 해주세요.
저는 다 괜찮아요.
아버지 딸이 잘 이겨내요.

소원

건강해지고 싶다. 마른 눈에서 눈물이 멈추지 않았으면 한다.
미워도 다시 한번 사랑하고 싶다.
아픈 사랑이라도 혼자 두지 않길.
얼굴 한번 보면 행복하겠다.

그러면 기쁜 눈물이 넘치겠다.

다시 건강해질 수 있을 텐데.

용기, 한 번만 받아보면 소원이 없겠다.

네 아픔까지도 사랑할게

너를 더 많이 생각해 보기로 했다.

너는 나 없이 얼마나 외롭고 아팠니. 괜찮았니….

너에게 신뢰감을 주지 못해 실망만 안겨준 내가 용서받기 위해 움직일게.

우리 참 오랫동안 멀리 떨어져 있었지. 날 보면 가슴이 아픈 너겠지.

널 보면 기뻐서 주체하지 못하는 눈물을 흘릴 때, 너는 남몰래 훔치는구나.

비록 내가 지금은 아프지만, 건강해져서 네 아픔도 내가 다 사랑할게.

2022. 11. 24

1,000일

우리 다시 보는 날이 있다면,
뒤에서 보인 눈물이 처음으로 네 앞에서 흐르겠지.

계속 보고 싶어.
사랑하니까.

무관심

저녁이 너무 길어지면 말이야.
해바라기의 사랑이 무관심으로 변한단다.

무관심.

지금까지, 또 내일도 차오르는 나만의 분노가 널 다시 보는 날엔
세상이 떠나라고 목놓아 울부짖을 거야.

해바라기가 진심으로 해를 사랑할 땐, 해만 바라보지.

시들면 해바라기는 줄기를 숙이고 해를 바라보는 시선도 끝인 거야.

시들면 아침에 보는 꽃도 무서운 법이야.
어떻게 예쁘다고 거짓말할 수 있겠어.
여자를 울리고 버리고 떠나가 버린 겁쟁이야.
해는 저녁이 되면 노을을 피우곤 지고 말지.

종잇조각처럼

뭐가 좋다고….
나도 참 나를 가엾게 만들지.

뭐가 좋겠어.
한창일 때, 두려워지기만 하는 내 미래.

곱게 접어지는 게 아니야.
한 번에 구겨진 내 인생이야.

사랑하기 위해서

고백은 내가 해.
내가 사랑할 땐, 누구도 막을 수 없이 행복해지거든.
난, 내 마지막 사랑을 기다려.

인내심
하나님의 뜻과 때
믿음의 가정과 열매 맺음.

사랑하기 위해서 태어났고,
사랑하기 위해서 건강해진다.
내 사랑하는 사람을 위해서.

칭찬과 관심을 주면,
밝아지고 잘 실천한다.
나 사랑하고 싶으니까.

너였어

사랑하는 내 첫사랑.
오늘 뭐 하고 지냈니?

내가 너에게 바라는 건
믿음의 가정에서 꼭 행복하게 살아야 해.

내가 너에게 신뢰감도 못 주고,
약속도 못 지키고,
많이 아파서 제일 미안해.

널 다시 보기 위해서 노력하고 있어.

곧 있으면 우리 3년 되는 크리스마스 다가온다!
나는 뭐 울고 있지….
조금 설레기도 해.
너랑 같이 보내고 싶은 상상을 하면서.
아마 나는 또 혼자 보낼 거야.

이번 겨울에도 혼자서 눈 오는 거 봤고,
올해도 크리스마스트리 또 혼자 봤어.

내 일기장에 놀러 와서
내 마음 좀 읽어줘.

나는 너의 작은 관심도 행복하니까.
너의 작은 관심에 행복해하니까.

언제쯤이면, 널 다시 만나 볼 수 있을까
하며 평생을 그리워하다가 상상에만
그리워하다가 결국은
오늘같이 눈이 펑펑 오는 날과 같이
나는 또 울어.

우리가 서로 행복할 수 없다면,
네가 꼭 행복해야만 해.

난 너까지 아프면 진심으로 못 사니까.
내 진심은 너랑만 행복하고 싶어.

내가 처음으로 가지고 싶은 건, 너였어.
내가 처음으로 사랑한 것도 너였어.
내가 처음으로 지키고 싶은 것도 너였어.
내가 간절하게 너를 원해.

사랑해 줄 텐데

안녕, 나는 지은이야.
내 사랑하는 사람아,
오늘은 어떻게 지냈니?

오늘은 날씨가 많이 추웠어.
밖에 나가서 혼자 놀다가
우리 집에 와서 따뜻한 물로 샤워하는데,
내 몸이 사르르 녹듯이 참 시원했어.

오늘도 혼자 듣는 찬양이 내게 가장 큰 위로가 되어줬어.
하나님의 말씀은 내게 살이 되었지.

다시 보고 싶다.
내가 웃을 때, 함께 따라 웃던 네 모습이 참 그리워.
우리 참 행복했고 지금도 내가 널 사랑하고 있지.

내가 선택한 널 나는 후회하지 않아.
왜냐하면 넌 내가 본 남자 중에 참 멋있는 남자 맞거든.

심성이 따뜻하고 곱고 부모님 말씀대로 어긋난 행동 하지 않고
바르게 노력하며 성실하게 책임감 있게 사랑으로 선교도 하고

밝고 겸소하며 하나님을 사랑해서 교회 리더도 꾸준히 하고
배운 걸 활용하는 걸 좋아하고 배움에 게을리하지 않았어.

20살 때부터 먼 타지에 올라오며 생활한 남자.
너는 혼자서 외로움을 어떻게 견뎠니?
내가 바라보는 넌 참 강해.
나에게 있어서 너는 참 소중해. 언제나!

가끔 뵙는, 부모님 품에 가는,
너의 혼자 가는 그 걸음에
내 발자국도 함께 나누고 싶었지.

네 용기, 한 번만 받아보고 싶다.
내가 옆에서 평생을 사랑해 줄 텐데,
같은 하늘 아래에서, 지금은 멀리 있어도
우리 다시 만날 그때까지 너만을 사랑해.

돌멩이

"네가 준 선물은 다시 가져갔으면 해."

"그래. 그런데, 허락도 없이 받았던 네가 알아서 해."

"내가 정리해 놓을 테니 집에 돌아갈 때 가져가."

"아니. 이젠 이 선물은 주인공이 없어. 그러니 네 마음대로 해."

너와의 사랑에서 내가 주인공이 아니더라도 네가 행복하게 사는 거를 진심으로 바라니까.

내가 널 짝사랑하는 비련의 조연이 될게.

우리 앞으로 살아가면서 잊기 힘든 추억 때문에 누가 더 아픈지 생각하지 말고 멀리서 응원하는 좋은 친구로만 기억하자.

우리가 멀어질지도 모르고 내 비밀을 하나씩 알려주었지.

버팀목이 되는 것보다 나를 알아갈수록 너는 연민을 느꼈고

기다림의 연속에 지쳐 이별을 준비하고 있었어.

1년이 지나서도 잊지 못하는 널 붙잡아 겨우 맞이한 그날은 두 번째 여름이었어.

〈운수 좋은 날〉 소설처럼 모든 게 행복했던 짧은 시간이었지.

우리의 진짜 마지막 날인지도 모르고 나는 행복했었지.

다른 방향으로 향하는 발걸음에 고개를 들 수가 없었어.

자신 없는 내 모습이 싫어서 바닥만 바라보다가 겨우 고개를 들어 맞은편 전철을 기다릴 네 모습을 찾아보았지.

서로 전철이 오지도 않았는데 다른 곳으로 이동한 네 발걸음도 모르고 나는 고개를 숙였던 나 자신이 더 미워졌지.

1년 만에 만난 네 모습에 나는 눈물이 고일 정도로 기뻤어.

널 보고 환하게 눈웃음을 지으며 맞이했는데, 너는 아무렇지 않은 듯 무심하게 개찰구를 나오는 모습을 보고 서운하기도 했어.

그래서인지 손 인사를 할 생각이 늦어졌고 타이밍을 놓쳤어.

내가 네게 물어보았지. 내게 돌아오는 건 딱딱한 네 목소리였어.

"날 알게 되어서 후회하지는 않았어?"

"굳이 후회할 일이 뭐가 있겠어."

"오랜만에 만났는데 어땠어?"

"별 감흥 없었어. 그리고 실망했어."

"내가 많이 변해버려서?"

"응. 예전보다 더 많이 살쪘고, 체력도 많이 약해졌어."

"내가 너에게 연락 계속해도 될까?"

"아주 가끔."

그리고 다른 여자를 쳐다보는 널 보고 내 속상한 마음을 숨기고 밝은 척하며 다시 말했지.

"나도 예뻐질 거야."

그다음 날이 되어서 너에게 어김없이 연락했는데,

아무런 답장을 받을 수가 없었어.

그래서 나는 눈물이 고장 난 듯이 울었지.

그리고 나를 다독였어.

'이룸이가 일하고 있잖아. 바빠서 그런 걸 거야.'

그런데 마음은 이렇게 말하고 있어.

'너도 네 모습을 보고 실망하잖아. 이룸이가 그런 널 보고 좋아했

을 리 없잖아.'

다듬어지지 않은 보석인 줄 매일 착각하며 살아가는 나야.

돌멩이가 나를 향해 말하지.

"아무런 가치가 없잖아? 봐봐. 가진 게 뭐야. 해낸 건 또 뭐야.

바보도 아닌 것이 뭐하러 멍청하게 웃기나 해. 울보야 넌 욕심이 너무 많아. 결국 내 동료네?"

나도 자존심 있어. 돌멩이야 내 이야기 좀 들어볼래?

"그냥 웃는 게 아니야. 아무에게 보여주는 멍청함이 아니야.

내 바람은 하나인데 그건 네 말처럼 욕심이야. 그래도 너랑 다른 점은 분명히 있어."

그러자 돌멩이가 말했다.

"넌 너만 생각하지 말고 그날 만났던 이룸이는 어땠을지 생각할 시간이 필요해. 자아 성찰을 해보란 말이야."

해바라기꽃

생각했어. 너는 사랑하고 싶어 해.

나는 사랑받고 싶어 해. 이게 맞는 거야.

나는 너에게 받고 싶어서 너처럼 멋있어질 거야.

너와 어울리고 싶어서 안달이 났어.

내가 미안해. 미안하단 말이 무슨 의미가 담겨 있는지 다 알고 있지?

나 생각이 많아. 마음도 강하게 먹었어.

네가 좀 멋있으면 했는데 점점 더 멋있는 거니?

나는 매력이 생기고 싶어. 나한테는 그것만 없는 거야.

그래서 가져볼 거야. 그건 최종평가 때 네가 마음대로 생각해.

나는 내가 갖고 싶은 걸 가지기로 다짐했어.

그렇게 알아. 생각 정리가 필요해.

나는 뭐든지 즉흥적이라 한치 앞날도 쉽게 변해서

계획적으로 움직여야 할 필요가 있어.

나는 최종 평가까지 너만 보는 해바라기꽃이 될 거야.

너는 네 맘대로 해.

주제 넘는 욕심

네가 없으면 카톡을 사용할 일은 없어.

사진도 안 찍어도 돼. 핸드폰은 MP3가 될 뿐이야.

내가 먼저 대화창 나가면 네 이름은 없어지고 나에게 핸드폰은 무용지물이야.

큰 의미 없어.

너는 현명해. 나도 조금은 현명한 것 같아.

널 놓아야 한다는 걸 알아. 2년 반이라는 세월이 흘렀어.

네가 느낀 그대로야. 내가 너무 이기적이고 염치없잖아.

시간은 황금과 같아서 누구에게나 소중하고 귀한데.

나는 도비야. 너의 시간을 도둑질했어.

내가 남자로 태어났다면 친구로는 봐줬을까 하는 생각도 들었어.

네가 부러워. 열등생이 된 것 같아.

나 사실 매일 기도해도 아버지가 어려워서 가슴이 아파.

좋은 사이를 떠나 진심 어린 사랑을 하고 있는지 나 자신에게 물어봐.

노력해도 다시금 미워질 때가 있어.

그래도 다행인 건 남이 아니고 가족이라 용서로 사랑으로 더 쉽게 실천하는 것 같아.

어떻게 보면 가족이라 더 미움이 있을 때도 있어.

내가 더 다가가서 사랑으로 전도하려고.

내가 살면서 내게 준 임무야.

너는 정체된 삶 살아본 적 있어? 쉽게 말하면 죽은 삶이기도 해.

살아도 사는 것 같지 않은 거.

아침에 눈을 떴는데 할 일을 몰라서

눈을 다시 감고 자기 싫은 잠을 청할 때.

멀쩡해 보이는 온몸이 멍이 든 그것처럼

아파서 꼭 눈 뜬 식물인간이 된 것 같을 때.

너와의 모든 것을 반대로 생각하면 나야.

서로가 지지하고 의지하는 것도 어느 정도 어울려야 한다고 생각해.

같은 맛이어도 잘 말아진 김밥이 보기 좋잖아.

나는 터진 김밥 할게. 너는 너대로. 나는 나대로.

내가 사랑하는 게 기뻐서 누군갈 사랑한다면 하나님만 바라보려고.

원래 터진 김밥은 잘 선호하지 않잖아.

겉모습도 그밖에 외모도, 내가 무슨 사랑이야.

넌 하고 싶은 거 했으면 해.

널 보면 행복하지만 이건 레벨 0에서 주제넘은 욕심이었어.

애쓰는 거야

두렵지. 내가 심심한 건 말이야.

조금씩 무서워지지.

내 미래가 불투명해.

겁이 나서 말이야.

서글퍼지고 가여워지는 내 모습을 바라보는 세상은

날 보며 가슴 아파하는 거겠지.

내가 사랑하는 사람들이 나로 인해 더 이상 그만 아팠으면 하는데, 혼자 강해지는 시간은 많이 필요하고 그만큼 힘도 들어.

언제나 나는 도움이 필요한 사람이구나.

나도 잘할 수 있고 잘해낼 수 있는데 언젠가는 날 알아봐 주겠지.

다들 잘난 것만 같은 멋 속에 살아보는데

나는 참 작고 초라한 것이 보잘것없이 보이네.

나만 내 가치를 높여 보는 거야.

안 그러면, 그렇게라도 안 하면 내가 살 수 있겠어? 그래.

내가 지금 외모(능력도 겉모습도 세상 적인 것도)가 없으면

내면이라도 강해져서 더 부지런해지고 가꿔나가야지.

나는 아무것도 아닌 게 아니야.

잠시 혼자서 나를 더 단련시키기 위해서 훈련 중인 거야.

내가 아는 차이콥스키는 어려운 친구야.

내가 너랑 친구 하려고 애쓰는 거야.

세상 서럽지만, 지옥은 이미 구경해 봤어.

다시는 가고 싶지 않아서.

참 다양한 눈물들을 경험하는 곳이지.

입고 있는 옷도, 베갯잇도 다 젖고 화장지 1통

다 쓰고 새벽에 소리 없이 울어야만 했고,

조용한 내 방안에서 위로해 주는 사람 없이

큰 소리로 울어봤어.

도서관에서, 길거리에서, 전철에서, 버스에서도 조용히

눈물을 훔쳐야만 했어. 아무도 모르는데.

위로해 주는 사람 한 명 없이.

오직 주님만은 아실 거라며 잔뜩 화도 내었지.

또 그곳은 가슴을 내리쳐봐도 낫지 않는 병을 가져다주는 곳이야.

그리움에 보고픔에 아려오는 가슴은 아무리 주먹으로 때려도 나아지지가 않아.

다시는 가고 싶지 않은 곳이야.

아픈 건 익숙해질 수가 없잖아.

이 느낌은 차이콥스키도 아나?

내가 더 많이 사랑했는데, 이거 내가 처음으로 이겨본 거겠지.

편지

네가 나 없는 긴 시간 동안 얼마나 많이 외롭고 아프게 지냈는지 내가 무심했고 이기적이었어. 넌 내가 아는 최고로 멋있는 남자야. 내가 아는 넌 그랬어. 내가 아는 넌 강하고 강한 남자니까 어디서든 성실해서 인정받고 부모님께 효도하길 기도할게. 조급해하지 말고 천천히 각자의 위치에서 걸어가자. 밥은 항상 든든하게 동료들과 챙겨 먹고 네가 아는 지식도 나누고 먼저, 선행하고 뒤에서 울고 앞에서는 널 함부로 보지 못하게 밝게 웃어야 해. 배 아픈 건 괜찮은지 이제 걱정 안 할게. 환절기 때 비염 조심하고 밤에 주님께서 안전하게 쉼을 허락하시니 잘 자고 날이 밝아오면 새 힘을 주신 주님께 감사하고 책임감 있게 네가 있는 그곳에서 맡은 바 잘 수행해 줘. 그래서 보람 있는 하루하루 보내야 해. 나는 널 아프게 해서, 외롭게 해서 미안하고 이젠 기다리게 하지 않을게. 다만, 널 위해 기도했고 기도하고 있어. 우리 각자의 위치에서 조급히 움직이지 말자. 하나님께서 너를 많이 아끼고 사랑하니까 넌 어디서든 인정받고 꼭 행복해질 거야.

나는 너의 사랑이면 행복하겠어

맑은 날을 좋아하는 나지만,
이 비가 내리길 기다렸지.

너는 비가 내리는 소리를 좋아하니까.
나는 비가 오는 날을 좋아하지 않아.

그런데

오늘도 아침부터 비가 내리네.
이 비를 너와 같이 걷는다면,
맑은 날보다도 내 마음이
하늘을 걷는 기분이겠지.

나 혼자만의 상상만으로도
괜히 혼자서 가슴 떨리는데,
이게 사랑이 아니면 뭐겠어.

우리가 어느 순간
비가 와서 네가 내게 우산을 씌어주는 날!
나는 그때부터 비가 내리는 날도 좋아할 거야.

그냥… 오늘도 혼자서 보는 이 비가
나는 소리 듣고 알았지.

내 방에 아주아주 큰 창이 하나 있어.
아주아주 큰 하얀색 커튼으로
햇빛도 바람도 다 막아놓았지.

사실은 내 방 말이야.
보물창고 같아.

그래도 내 남동생 방보다는
VIP 방이야.

이유는 말해줄 수 없어.

나는 강한 척했어.
내 눈물을 아무도 보이지 않게
꽁꽁 잘 숨겨놓았는데,

그리운 사랑 앞에서
차곡차곡 쌓아온 시간만큼
내 눈물샘이 고장이 나버렸어.

그래서 어머니 가슴에
안 보이는 투명한 피 한 방울을 묻혀놓았지.

내 비명이 내 울음이
엄마…
이런 표정이에요.

나는 생각해 봤어.

내가 낳은 내 딸이 이렇게까지 운다면,
어머니의 가슴은 어떨까.

막힌 입으로 새어 나오는 그 눈물도
엄마는 다른 방에서 다 듣고 계셨어.

우리 어머니가 나 때문에 많이 웃었어.

그래야만
엄마는 그래야만 하니까.
엄마는 딸보다 강하니까.

우리 아빠는 우리 엄마의
눈물을 지켜보았어.

내 남동생은 내게 약도 챙겨주었어.
열이 심하게 났거든.
내 몸이 만신창이야.

내 눈물은 나를 더욱 강하게 만들었고
내 사랑은 나를 움직이게 만들었고
네 눈물은 나를 더욱 약하게 만들었고
네 사랑은 나를 움직이게 만들었어.

그래서 나는 기쁜 날에도 절대 울지 않을 거야.
네 앞에서 단 한 방울도 보이지 않았던 것처럼
언제나 해맑게 웃어 보일 거야.

내 눈웃음이 뒤에선 얼마나 얼룩이 졌었는지 말로 표현 못 해.

왜냐하면 너만 보면 나는 다시 행복해지니까.
그래서 나는 네가 필요해.
내가 웃으려면 내가 사랑하는 네가 필요해.

내가 말했잖아.
나는 사랑을 한다고.
너는 사랑을 받는다고.

내가 태어나서 처음으로 사랑한 사람이, 남자가 너인데
어떻게 다른 사람에게 다른 사랑을 줄 수 있겠어.
나는 너의 사랑이면 행복하겠어.
내가 사랑을 하니까.

온도 차이

오전 예배를 드리고
교회 앞에서 몽실몽실 작은 구름이
하늘에서 땅으로 내리는 걸 보았지.

그 눈구름을 만나기 전
나는 안개가 가득 피어난 하늘 아래서
나만의 발걸음을 걸었는데,

이게 얼마 만이야!!
얼마나 반갑던지!

내가 태어나서 만나는 안개는 투명한 무지개와 같아서
내 마음이 들떴는데, 내 발걸음이 고요하게 말하잖아.
너는 왜 이렇게 조용하게 걷니?

참 쓸쓸하구나.

나도 아는 걸, 굳이 아는 척할 필요는 없단다.
그런데, 올해 내가 본 첫눈이 짧게 지나갔어.

온도 차이는 분명한데, 심하지 않았지.
하늘 눈은 차가웠고, 내 눈에선 뜨거웠으나
시간은 자비롭게도 금방 지나갔지.

그런데 시간아 그거 아니?
시간아 나에게 자비롭지 않아도 된단다.
오늘 내리는 이 눈에 나는 내 눈가를 충분히 적시고 싶었으니까.

시간아 오늘은 네가 내게 잘못한 거야.
내가 보는 눈은 뜨거운 눈물과 같아서
내 눈물의 온도에 알맞게 나는 심하게 몸부림치고 싶었지.

나는 몸과 마음이 따로 노는 광대랍니다!

아하하하하하하!
아… 하… 하….
아… 하하….
나 마스크 벗으면!

나 웃고 있는 거
아니에요.
하하하하하하하.

내가 재미있는 이야기 하나 더 들려줄게요.
내 코에도 두 눈물이 끈적하게 흘러요.

나는 사랑받기에 충분히 합당했지.

기회

수천 송이의 장미꽃이 단 한 송이의 장미꽃이 되려면 선택을 받아야겠지.
그래서 장미꽃들은 선택받기 위해서 매일을 자신을 단장하지.
왜냐하면 장미꽃은 용기를 좋아하거든.

장미꽃에겐 따가운 가시들이 많아서 자신을 아름답게 가꾼 만큼 고백받길 원하지.
그래서 장미꽃은 자신이 한 송이가 될 만한 이유를 만들어야만 한단다.

용기는 어느 순간에 찾아오는 기회가 아니라
준비되어 있는 자에게 찾아오는 기회이기 때문이지

기회는 쉽게 잡히지 않는 행운이지만
준비는 언제나 열려 있는 기회란다.

용기를 줄 기회

내 진심아 자유롭게 설레어도 된단다.
나 혼자만의 시간도 괜히 혼자서 입꼬리가 승천해지는 것.
그건 좋은 거야.
내가 그로 인해 혼자서도 즐거워하잖아.

누가 봐도 멋있는 사랑으로
내가 좋은 쪽으로 변해야지
내가 원하는 건 내가 바로잡을 거야
내 진심은 들통났지만 용기는 조심스럽다고!

멋있는 분에게 용기를 낼 기회를 주려면
내가 용기를 줄 기회를 만들어야지.
짝사랑도 행복하지.

사랑이 될 희망 덕분에 미소가 한가득 실려 오니.

그래서 말이야 진심으로 그냥 다 고마워.
내 가슴이 뛰잖아 네 덕분에.
기다리는 시간이 길어지면 너에게 지친 마음이 될까 봐
나는 어느 순간 주저하게 된단다.

그래도 나는 무식해서 쉽게 하는 포기조차 몰라.
내 큰 장점일 수 있어.
너는 나만의 장점을 어떻게 생각하니.

내가 거북이여도 어느 순간 골인 지점에 도착해 있으면
나와 똑 닮은 네가 내 앞에서 먼저 와서 나를 제일 기다리고 있었다고 고백해 줄래?
나도 네가 내 진심이었다고 고백해 줄게!

포기

장미꽃이 완전히 시들면
비로소 검은빛이 돌지.
바로

오늘 밤
나는

정금 같이

오랜만에 친구랑 한강에 왔어. 너와 가득했던 추억장소에 혹시 네가 보일까 간절이며.

그래서!

내가 너에게 보고 싶다고 말이라도 전할 용기를 낼 그 순간을 만들기 위해서 나는 내게 조용히 시간을 투자하기로 했어.
시간이 참 황금과 같아서 내가 그 시간을 참고 견뎌내면 정금 같이 나아올 때 내가 어느 순간 너에게 전화하면 나와줄래?

너의 등장은!

참 좋은 계절이야.
너와 같이 보는 계절이면 참 행복하겠다.

개나리꽃이 피려고 해.
벚꽃잎은 아직 늦잠이네!

혼자서 걷는 이 걸음마다
내 발자국에 외로움이 묻어나고 있어.

너에게만 인정받고
너에게만 사랑받고 싶어서

이건 오마무시하게 긴긴 싸움이야.

그래도 내가 이겨내서 승리하면
밥 잘 사주는 누나가 되어줄게!

이를 어째.
내가 초대하는 식사자리에 너랑만 시간을 보낼 상상을 하니
오마무시하게 행복해지네!
네가 참 좋은 사람이고 또 선해서 그래.

아!
그리고 나는 운동을 병행하고 있어.
네가 초대자리에 올 때 널 더욱 돋보이게 해줄 내가 되기 위해서야.

만약에 유일한 너만의 초대장이 날개를 달아
너에게 꼭 날아간다면 그땐,
우리가 못 했던 이야기와 하고 싶은 이야기들을 자유롭게 꺼내보자.

난 너에게만 참
유일하고 소중한 짝꿍이 되고 싶으니까.

넌 나에게만 참 온유하고 소중한
짝꿍이 되어줄 수도 있으니까.

언제가 좋을까?
내 생일날에 시간만 내줘.
너의 등장이 내게 아주 커다란 보석과도 같은 선물이니까.

이런 날을 나는 이벤트로 잡을 거야.
이제부터 카운트다운은 시작되고
나는 너와 나와의 시간이 좁혀질 때마다 다가와질 때마다
긴장과 설렘이 복합적으로 이루어질 거야.

나는 네가 기대감만 가지고 오면 좋겠어.
그 기대감엔 웃음꽃이 가득히 피어나도록 할게.

지금은 물살이 거꾸로 흐르는 계곡에서 길을 잃어버린 물고기이

지만,

강해져야만 했던 너처럼 나 역시 널 추억하며 강해지고 또 강해져서 결국 강해진다.

내 웃음은 이제 만만치 않도록.
내 눈물은 이제 슬픔이 아니며,
평안과 사랑이 가득하고 행복이 넘칠 것이다.

그렇게 만들 거니까.
그렇게 살고 싶으니까.

나는 이제 역류하는 계곡이 아닌 곳에서 발차기를 하는 거야.
주어진 시간을 잘 활용해야만 해.
물거품이 없어지지 않도록 계속 발차기를 하다 보면,
저 깊은 바닷속에서 큰 배가 아닌
우리 둘만 타는 배를 준비해 놓았던 거북이가 기다리고 있으니까.
그래서 먼저 와서 나만을 제일 기다리고 있었다고
거북이가 고백해 줄 테니까.

작은 눈길

내가 매일 아침에 눈을 뜨면
내게 나를 위해서 주문을 걸 테야.

뭐라고? 외칠까!
지은아 예뻐져라 예뻐져라
내가 사랑하는 너에게 사랑받아야지!

내가 다시 만나는 그날엔 그 녀석… 늑대처럼 길러야지.
왜냐하면 나는 인간승리를 보여줄 거니까.
그래서 너를 좀 피곤하게 만들어 볼까 해.
너를 다시 보기 위해서 그동안 외롭게 움직였으니까.

내가 붉은 장미 한 송이를 들고 어딘지도 모르는 곳에
하염없이 다른 사람들 눈치 보며 너만을 기다리면
작은 눈길이라도 비춰줘 내가 바라는 소망이야.

내가 더 잘할게요

내가 잘할게요.

더는 울리지 말아요.

미련하다고 욕해도 좋고,

고집도 세다고 욕해도 좋아요.

제가 많이 노력할게요.

내가 아파서 미안해요.

지켜야 할 약속도 못 지키고

그 긴 시간을 혼자서 기다리게 해서 진심으로 미안해요.

나도 많이 힘들었어요.

나도 많이 보고 싶었어요.

내가 더 잘할게요.

너무 보고 싶어요

널 보면 나는 웃게 되었고,

네가 웃을 땐, 나는 행복했어.

내가 처음으로 행복했던 나날들.

당신을 지키지 못해서

이렇게 힘들 줄 몰랐어.

전화도, 목소리도 듣고 싶고
만나서, 얼굴 한 번만 보고 싶고
사랑한다고 들려주고 싶고
네 용기 한번 받아보고 싶어.

진심으로 사랑하는데,
가슴이 아파도
사랑이라고 생각할게.

너무 보고 싶어요.

안녕,
보라색
장미야

초판 1쇄 발행 2024. 3. 11.

지은이 한지은
펴낸이 김병호
펴낸곳 주식회사 바른북스

편집진행 황금주
디자인 배연수

등록 2019년 4월 3일 제2019-000040호
주소 서울시 성동구 연무장5길 9-16, 301호 (성수동2가, 블루스톤타워)
대표전화 070-7857-9719 | **경영지원** 02-3409-9719 | **팩스** 070-7610-9820

•바른북스는 여러분의 다양한 아이디어와 원고 투고를 설레는 마음으로 기다리고 있습니다.

이메일 barunbooks21@naver.com | **원고투고** barunbooks21@naver.com
홈페이지 www.barunbooks.com | **공식 블로그** blog.naver.com/barunbooks7
공식 포스트 post.naver.com/barunbooks7 | **페이스북** facebook.com/barunbooks7

ISBN 979-11-93879-22-1 03810